R. Daniel Roth
Der Gesang der Nachtigallen

AF237571

R. Daniel Roth

Der Gesang der Nachtigallen

Roman

Druck: Libri Plureos GmbH, Friedensallee 273
22763 Hamburg

Bibliografische Information der Deutschen Nationalbibliothek:
Die Deutsche Nationalbibliothek verzeichnet diese
Publikation
in der Deutschen Nationalbibliografie; detaillierte
bibliografische Daten sind im Internet über
http://dnb.dnb.de abrufbar.

3. überarbeitete Auflage

Verlag: BoD · Books on Demand GmbH,
Überseering 33, 22297 Hamburg,
bod@bod.de

Umschlagbild: Kim Roth

ISBN: 978-3-7543-4251-0

„Musik drückt das aus, was nicht gesagt werden kann und worüber zu schweigen unmöglich ist."

Victor Hugo

Teil 1

1.

Es war an einem ungewöhnlich heißen Augustsonntag eines ungewöhnlich heißen Sommers, als die Einwohner von *Chiacchierata* beschlossen, nicht mehr zu sprechen. Nicht heute. Nicht morgen. Und auch nicht in fünfzig Jahren. Niemals mehr.

Es schien, als wären sie all der aus ihnen herausströmenden und über sie hinweg flutenden Worte plötzlich überdrüssig geworden.

Sie schalteten ihre Fernseher aus. Und ihre Radios. Und sie sollten sie nie wieder einschalten.

Wie jeden Sonntag hatte Don Graziano auch an diesem heißen Augusttag das übliche Höllenszenario auf die in ihre Bänke gekrümmten Einwohner herabbeschworen. Und ihnen mit den Qualen des Fegefeuers gedroht. In dem sie für immer und ewig zu schmoren hätten. Falls sie sich, wie gewohnt, durch sachtes Wegdämmern dem Schrecken seiner Schilderungen zu entziehen versuchten. Worauf die Kirchgänger noch tiefer in ihre Bänke versanken. Vergeblich bemüht, die Last der niederdrückenden Worte von sich abzuschütteln.

Noch vergewisserte sie das ins Kirchenschiff einströmende Sirren der Zikaden, sich im Diesseits, fern von Fegefeuer und Höllenpforte zu befinden. Doch sie wussten, dass jenseits der kühlenden Mauern bereits Satan auf sie lauerte. Um sie unter dem Joch ihrer Feldarbeit in der brütenden Hitze schon zu Lebzeiten gefügig zu braten.

Die Predigt war noch nicht zu Ende, da spürten die Kirchgänger, wie sich eine befremdliche Unruhe unter ihnen ausbreitete. Die Kerzen der Seitenaltäre flackerten auf. Und als hätte jemand an ihren Kitteln gezupft, drehten sich die, die in den ersten Reihen saßen, überrascht um. Stellten irritiert fest, dass sich auch alle andern umgedreht hatten. Und wandten sich mit einem gemeinsamen Seufzer wieder dem Altar zu.

Auch Don Graziano fühlte sich an seinem Talar gezupft. Warf einen tadelnden Blick auf die hinter ihm kauernden Ministranten. Drehte sich dann kopfschüttelnd wieder seiner Gemeinde zu. Bekreuzigte sich. Setzte ein verfrühtes Amen hinter seine noch nicht beendete Predigt. Verzichtete auf den in der Liturgie vorgegebenen Singsang und den abschließenden Friedensgruß. Und verstummte.

Die ohnehin schon verunsicherten Kirchgänger wunderten sich über den plötzlichen Abbruch der Predigt. Warfen sich fragende Blicke zu. Fädelten sich zögernd aus den speckigen Holzbänken. Duckten sich unter den Portalbogen, der wie eine Guillotine über ihre Nacken dräute. Blinzelten misstrauisch nach oben. Wankten dann auf den Kirchplatz hinaus. Wo das grelle Mittagslicht von den Steinplatten abprallte.

Geblendet taumelten sie an der Kirchmauer entlang. Verteilten sich wie jeden Sonntag in kleinen Grüppchen. Doch als sie ihre Münder öffneten, um sich über das eben Vorgefallene auszutauschen, sahen sich nur verwundert an. Ließen ihre Unterkiefer wieder hochklappen.

Und nickten sich zu.

In einem Augenblick gemeinsamen Verstehens war ihnen plötzlich klargeworden, dass es nichts mehr gab, worüber sie sich auszutauschen wünschten. Mehr noch. Sie spürten mit großer Klarheit, genügend Worte verschlissen und deren Unzulänglichkeit entlarvt zu haben. Und sie beschlossen, sich ihrer künftig nicht mehr zu bedienen. Nickten sich noch einmal einander zu. Und verließen, ohne ein weiteres Wort hinzufügen, den Kirchplatz.

Don Graziano fühlte, wie eine Last von ihm abfiel, die er all die Jahre mit sich herumgeschleppt hatte. Die mahnenden Worte, an die er selbst nicht mehr glaubte die er Sonntag für Sonntag auf seine Gemeinde niederprasseln ließ, sie würde es nun nicht mehr geben. In diesem Schweigen, das sich nun über sie alle gestülpt zu haben schien, erhoffte er sich die Erfüllung einer Sehnsucht, die unter dem Ballast überflüssiger Worte tief in ihm verschüttet lag. Die Sehnsucht nach dem verlorenen Gott. Der diesen Ort so schmählich im Stich gelassen hat. Und er hoffte, dass dieses Schweigen auch den nicht enden wollenden Aufschrei in seinem Innern endlich zum Verstummen bringen möge.

Beppe, der die Kirche seit damals nie wieder betreten hat, beobachtete verwundert, wie sich die Kirchgänger verfrüht durch den Portalbogen schleppten. Und statt drauflos zu schnattern, sich wortlos auf der Piazza verteilten. Bis die Woge des unausgesprochenen Entschlusses auch an ihn heranschwappte. Und er verabschiedete sich von all den Stimmen, die dieses Bergdorf vor langer Zeit neu gefüllt hatten. Den sich überschlagenden Stimmen der Kinder. Dem heiseren Krächzen der Frauen. Dem mürrischen Poltern der Männer. Und der bauchigen Bassstimme von Giovanni, der all die Jahre die fehlende Begleitung der zerstörten Orgel zu ersetzen versucht hatte.

Vielleicht, so hoffte Beppe, würde die nun eingekehrte Stille eine andere sein als die dröhnende, der er im Lärm der Worte vergeblich zu entkommen versucht hatte.

Und als er sah, wie alle sich bückten, um, wie er meinte, die noch in ihnen aufgestauten Worte auf dem Kirchplatz abzulegen, merkte er, dass es gar keine Worte in ihm gab, die er dazugesellen könnte.

Er setzte sich auf das Mäuerchen, das die uralte Steineiche auf der Piazza umrahmte. Beobachtete im Schatten ihrer ausladenden Krone, wie sich die Kirchgänger in verschiedene Richtungen zerstreuten. Und wartete darauf, dass die flirrende Mittagshitze die dort aufgehäuften Worte hinwegschmelzen würde.

Für Fortunato, der schon seit seiner Geburt in einer allumfassenden Stille lebte, schien sich durch das unerwartete Schweigen zunächst nichts zu ändern. Er hatte noch nie ein Wort gesprochen. Und noch nie eins vernommen.

Vergeblich hatte er sich all die Jahre bemüht, durch Gesten und Blicke mit den anderen Einwohnern in Kontakt zu treten. Nur wenn er seine selbst geschnitzte Olivenholzflöte an den Mund führte und ihr Töne entlockte, die Sehnsüchte in ihnen erweckte, zu denen sie sonst keinen Zugang fanden, spürte er, dass diese Töne eine Brücke zwischen ihm und ihnen spannten. Die jedoch wieder zusammenbrach, wenn er seine Flöte absetzte.

Als er nun feststellte, dass die Lippen der anderen sich nicht mehr bewegten, und sie nur noch mit ihren Händen, Armen und Beinen vor sich her gestikulierten, begriff Fortunato, dass sie, eine Sprache miteinander einzuüben begannen, zu der auch er Zugang hatte. Und er hüpfte vor Freude über die Piazza.

Von nun an würde er mit ihnen verbunden sein.

Die Einwohner von *Chiacchierata* hatten sich nie als eine zusammengehörige Gemeinschaft empfunden. Sie waren nicht, wie in anderen abgelegenen Bergdörfern, seit Generationen zu Familien und Großfamilien zusammengewachsen und mit ihren Dörfern verwurzelt.

Auf der Flucht vor dem großen Krieg hatten sie sich in diesen offenbar verlassenen Ort verirrt. Und als sie in der Sakristei der ungewöhnlich großen Kirche zwei Männer kauern sahen, die ihnen mit leeren Augen entgegenstarrten, ahnten sie, dass etwas Ungewöhnliches mit diesem Ort geschehen sein musste.

Da sie ihnen aber keine Antwort auf ihre Fragen entlocken konnte, sammelten sie die vom Krieg verschont gebliebenen und in alle Windrichtungen verstreuten Reste ihrer Familien zusammen. Richteten sich in dem verlassenen Häusern ein. Doch statt sich zu einer Dorfgemeinschaft zusammenzufinden, wichen sie einander aus. Schotteten sie sich voneinander ab. Und wenn sie sich doch begegneten, was in den engen Gassen unvermeidbar war, redeten sie aufeinander ein, um zu vertuschen, dass sie sich nichts zu sagen hatten.

In dem nun in sie eingedrungenen Schweigen fühlten sich die neuen Einwohner dieses kleinen Bergdorfs in den toskanischen Apenninen zum ersten Mal als Dorfgemeinschaft miteinander verbunden.

2.

Etwa zur gleichen Zeit hörte der in Deutschland und über dessen Grenzen hinaus gefeierte Klarinettist Moses Himmelreich während eines seiner Konzerte Töne, die er noch nie zuvor vernommen hatte.

Seit Jahren füllte er Konzertsäle mit seinen Soloauftritten. Sein Name war in aller Munde. Löste Bewunderung aus. Und begann als heller Stern am Musikerhimmel zu leuchten.

Moses spürte, dass er an der Schwelle einer vielversprechenden Laufbahn stand. Er genoss den Beifall, den man ihm spendete. Und den Ruhm, der ihm daraus erwuchs.

Doch an diesem Hochsommertag vernahm er plötzlich Töne, die sich über die von ihm geblasenen zu erheben schienen. Und wie das Echo seiner eigenen Töne zu ihm zurückkehrten. Doch es waren nicht die Töne, die er gespielt hatte, die in seinen Ohren widerhallten. Diese Töne hatten mit den von ihm geblasenen nichts gemein. Es waren Töne von einer Vollkommenheit, wie er sie nie erreichen würde. Das spürte er.

Während der nächsten Konzerte kamen die Töne wieder. Sie lugten gleichsam hinter seinen eigenen hervor. Und als wollten sie ihn necken, verstummten sie, sobald er seine Klarinette absetzte. Wenn er sie jedoch wieder an die Lippen führte und seine Töne in den Konzertsaal blies, waren auch diese anderen Töne wieder da. Und es fiel ihm schwer, sich zu überwinden, seine eigenen dazuzugesellen, die, wie ihm schien, diesen anderen kläglich hinterherhüpften.

Es geschah während eines Benefizkonzertes zu Beginn der Adventszeit, als Moses diese Töne in einer Intensität

13

vernahm, die ihm ein Weiterspielen unmöglich machte. Er brach mitten in seinem Solo ab. Und als er versuchte, den fremden Klängen nachzulauschen, verstummten auch sie.

Noch einmal setzte er sein Instrument an die Lippen. Doch kaum hallten die für ihn typischen auf- und abschwellenden Arpeggien in den Saal hinaus, waren auch die anderen Töne wieder da. Die zunächst wie der Nachhall seiner eigenen wirkten. Sich dann aber von ihnen lösten. Und selbständige, wunderbare Melodien improvisierten, die seine Variationen in den Schatten stellten.

Mehr noch als die eigenmächtigen Tonfolgen waren es die Töne selbst, die ihn aufmerken ließen. Sie waren von so überwältigender Klarheit und Tiefe, wie sie Moses nie zuvor gehört hatte.

Noch einmal hielt er inne und bemühte sich, die Töne zu erhorchen, die sich zwischen seine drängten. Und wieder verstummten sie, als er sein Instrument absetzte.

Die Menschen im vollbesetzten Konzertsaal begannen auf ihren Sitzen hin und her zu rutschen. Drehten sich verunsichert einander zu.

Flüstern und Hüsteln gingen durch die Reihen.

Als es zu einem allgemeinen Murmeln anschwoll, nahm Moses sein unterbrochenes Spiel noch einmal auf. Doch kaum erklangen die ersten Töne, drängten sich diese anderen wieder dazwischen. Als lachten sie über seine Versuche, ihnen gleichzukommen. Verspotteten sein kümmerliches Spiel.

Und auf einmal war ihm das Bühnenlicht zu grell. Der Konzertsaal zu voll. Der ihm zuteilwerdende Applaus unangemessen. Selbst der Klang seines geliebten Instrumentes enttäuschte ihn.

Moses unterbrach sein Solo, legte seine Klarinette vor sich auf den Parkettboden. Verbeugte sich vor den raunenden Zuhörern. Und verließ ohne weitere Erklärungen den Konzertsaal.

In diesem Moment ahnte Moses noch nicht, dass er die Sprossen der bereits angelehnten Karriereleiter hinabsteigen, sich aus dem Rampenlicht herausstehlen und nie wieder einen Konzertsaal betreten würde.

Hatte man noch vor kurzem emphatisch seine Hände geschüttelt, waren es jetzt Köpfe, die geschüttelt wurden. Weder seine Kollegen noch seine Bewunderer begriffen, was den umjubelten Musiker zu diesem Entschluss bewegt hatte.

Moses wusste, er würde sich lächerlich machen, wenn er ihnen von obskuren Tönen erzählte, die offenbar nur er wahrnahm.

Um irgendetwas zu sagen und gleichzeitig zu verschweigen, was er nicht sagen konnte, erklärte er, die Welt um ihn herum sei ihm zu laut geworden. Das Licht auf der Bühne blende ihn. Mache ihn für zu viele Menschen sichtbar. Während er für sich selbst unauffindbar geworden sei.

Solcherlei Reden hinterließen noch mehr Kopfschütteln. Er hörte, wie hinter seinem Rücken von *Burnout* und *Tinnitus* getuschelt wurde. Einige rieten ihm, einen Halsnasenohrenarzt aufzusuchen. Und Moses bedauerte, all jene zu verwirren, die ihn geschätzt und ihm Beifall gespendet hatten.

„Es sind Töne von nie gehörter Schönheit und Tiefe, die ich vernehme,“, sagte er.

„Ja, deine Töne eben, lieber Moses,“ sagten seine Kollegen.

„Nein, nein,“ sagte Moses und lächelte.

Auch wenn er noch nichts über ihren Ursprung sagen könne, so wisse er, dass es kein *Tinnitus* sei, der ihm diese Töne in seinem Ohr vorgaukele.

Sein Entschluss war unumstößlich.

Daran konnte auch Judith nichts ändern. Die ihn ihrerseits drängte, sich ärztlichen Rat einzuholen. Den sie freilich aus einer anderen Fachrichtung erwartete.

15

„Was ist denn plötzlich in dich gefahren, Moses? Alle Welt feiert und verehrt dich wegen genau der Töne, die du, wie kein anderer, deiner Klarinette zu entlocken vermagst. Und du suchst nach Tönen, die außer dir niemand zu hören scheint und die deine angeblich noch übertreffen?"

Sie maß ihn mit teils besorgten, teils vorwurfsvollen Blicken. Er habe im Glitzern seines Ruhmes wohl vergessen, dass er eine Familie habe, die ihn liebte. Und die ihn brauchte.

„Das ist es ja gerade, Judith. Ich habe nicht nur vergessen, dass ich eine Familie habe. Ich komme in mir selbst nicht mehr vor."

„Ja," spöttelte Judith, „vermutlich hat der Beifall so sehr deinen Kopf gefüllt, dass du nichts anderes mehr in ihm antriffst."

Moses wiegte seinen Kopf hin und her.

Es sei eher so, dass der, den er dort antreffe, nicht der sei, in dem er sich wiedererkenne.

„Und was hat das, bitteschön, mit deinen geheimnisvollen Tönen zu tun?"

„Es sind eben nicht meine Töne", sagte Moses gequält.

Er wisse selbst nicht, wo sie ihren Ursprung haben. Es seien Töne… er suchte nach geeigneten Worten, Töne, wie er sie eben nie zuvor gehört habe. Und es gelinge ihm nicht, seine ihm jetzt dürftig erscheinenden Klarinettentöne neben sie zu stellen.

„Das ist doch absurd, Moses!" schrie Judith.

„Warum quälst du mich, Judith? Du weißt, dass ich dich und die Kinder über alles liebe."

„Über alles?" höhnte Judith, „wenn überhaupt, dann doch wohl erst an zweiter Stelle. Nach Anerkennung und Ruhm."

„Und warum glaubst du, kehre ich alldem nun den Rücken?"

„Fest steht, du machst uns zum Gespött der ganzen Stadt! Und darüber hinaus."

Wenn es das sei, was sie quäle, der Spott der Leute könne ihr nichts anhaben, da er auf ihn und nicht auf sie und die Kinder ziele. Und was es nun genau sei, das sie ihm vorwerfe? Mangelnde Liebe zu seiner Familie? Oder seinen allseits Unverständnis hervorrufenden Rückzug aus Erfolg und Ehrungen?

„Es ist derselbe Ruhm, der mich euch und mir selbst entfremdet hat, in dem auch du dich eingerichtet hast, Judith. Du willst diesen Platz an der Sonne nicht verlieren und verstehst nicht, warum ich ihn freiwillig verlasse."

„Niemand versteht es!" rief Judith, „nicht einmal deine besten Freunde. Und ich bezweifle, dass du es selbst verstehst."

„Es hat nichts mit verstehen zu tun", murmelte Moses.

Liebevoll strich er über den alten Bösendorfer Flügel, der hinter Judith stand.

Auch auf ihm würde er nun nicht mehr spielen.

Tief in seinem Inneren ahne er Musik, die mit nichts vergleichbar sei, was seine Ohren je zuvor gehört haben.

„Ich muss herausfinden, wo sie ihren Ursprung hat."

Plötzlich hellte sich Judiths Gesicht auf.

„Es sind die Obertöne, die du jetzt deutlicher heraushörst, mein lieber Moses. Ist es nicht das, was du dir immer gewünscht hast? Das ist doch wunderbar! Und ausgerechnet jetzt willst du deine Karriere aufgeben?"

„Nein," sagte Moses. Die Obertöne höre er schon immer in seinen geblasenen Tönen mitschwingen.

Er schaute über Judith hinweg.

„Die Töne, von denen ich spreche, klingen wie Töne aus einer anderen Welt… ich weiß, das hört sich merkwürdig für dich an. Aber bisher ist es mir nicht geglückt, eine andere Erklärung dafür zu finden."

Judith musterte ihn besorgt.

Ob er sich nicht doch lieber Hilfe von außen holen wolle? Noch sei es nicht zu spät. Er solle wissen, dass seine

Familie hinter ihm stehe. Gerade jetzt, da er sich offenbar in einer schwerwiegenden inneren Krise befinde.

„Ich flehe dich an, Moses, warte nicht, bis alles zerstört ist! Dein Leben. Und das deiner Familie."

„Ich muss den Ursprung dieser Töne ergründen. Sie haben sich mir zu erkennen gegeben, um mich wissen zu lassen, dass alles, was ich bisher gehört und selbst gespielt habe, nur klägliche Versuche sind. Ich weiß nicht, ob es einen Ort gibt, an dem ich sie wieder hören werde. Aber ich weiß, dass ich ihnen im Trubel der Konzertwelt nicht näherkommen werde. Ich habe keine Wahl, ich muss ihrem Lockruf folgen. Wo und wann immer sie sich mir offenbaren mögen."

Einen Augenblick lang schien es Judith, als wankte Moses in seinem Entschluss. Doch noch ehe sie seinen Zweifel, den sie zu bemerken meinte, nutzen konnte, um ihn vielleicht doch noch zur Umkehr zu bewegen, fuhr Moses mit fester Stimme fort.

„Für dich und die Kinder ist gesorgt."

Wie sie wisse, habe er ein nicht unbeträchtliches Vermögen für sie alle eingespielt. Darüber könne sie frei verfügen. Er werde nur einen Bruchteil davon für sich selbst beanspruchen.

„Für meine Reise ins Ungewisse brauche ich nicht viel", fügte er hinzu.

Und obwohl er sich selbst nicht verstand, bat er Judith noch einmal, ihn zu verstehen.

Doch dann sah er, wie sich ihr Gesicht verzerrte und sie vergeblich versuchte, Wut und Tränen zurückzuhalten. Und er begriff, sie würde ihn niemals verstehen. Auch sonst niemand. Er wusste ja selbst nicht, was mit ihm geschah. Er wusste nur, dass er der drängenden Sehnsucht folgen musste, die diese Töne in ihm erzeugt hatten.

Und als Judith am späten Nachmittag wieder in ihre gemeinsame Wohnung in Berlin-Charlottenburg zurückkehrte, fand sie eine Nachricht auf der geöffneten Tastatur des Flügels.

„Ich kann nicht anders."

Darunter stand noch „verzeih mir!", doch das war durchgestrichen. Er wusste wohl, dass sie ihm nicht verzeihen und mit diesem lutherischen Satz nichts anfangen könne.

Nachdem Judith den säuberlich geschriebenen Zettel einige Male gelesen hatte, las sie ihn noch einmal. Und noch einmal. Und ein weiteres Mal.

Erst nach einer Weile begriff sie, dass sich ihr der Sinn dieser sechs geschriebenen der zwei dann wieder durchgestrichenen Worte auch nach noch so häufigem Lesen nicht erschließen würde, hämmerte sie mit beiden Fäusten auf die Klaviatur ein. Bis ihre Handkanten schmerzten. Stieß gellende Schreie aus, die sich mit den dissonanten Klängen des Klaviers zu einer schrillen Kakophonie vermengten. Warf den dunkelbraun lackierten Deckel über die Tasten. Zerriss Moses' Zettel. Und erzählte den Kindern, dass ihr Vater für unbegrenzte Zeit verreist sei.

Doch Niklas, der jüngere von beiden, wollte sich mit dieser vagen Auskunft nicht zufriedengeben.

„Was heißt unbegrenzt, Mami?"

„Das heißt, dass Mami nicht weiß, wann Vater wieder zurückkommt", erklärte Samuel von oben herab.

„Aber Weihnachten wird Vati doch wieder zurück sein?"

„Ich fürchte nein, Niklas. Dein Vater ist auf Tournee. Weit weg von hier", sagte Judith und versuchte ihre Tränen zu verbergen.

„Was ist Tournee? Ist das eine Insel?" fragte Niklas.

Samuel lachte.

„Ja, eine Insel im Notenmeer! Du bist ein Trottel, Niklas! Vater spielt irgendwo Klarinette. In Japan, oder so."

„Ist Japan auch eine Insel im Notenmeer?"

„Ach, vergiss es!"

Wie kommt er auf eine Insel? dachte Judith.

„Dein Vater wird Weihnachten nicht zurückkommen", wiederholte sie.

Niklas zupfte an ihrem Ellbogen. Er hatte sich daran gewöhnt, dass sein Vater die Festtage nur selten zu Hause verbrachte.

„Aber nach Weihnachten, da wird er zurückkommen, Mami?"

Er schmiegte sich an ihren Rock.

Der Kleine spürt es, dachte Judith. Ja, Moses hat sich auf eine Insel verkrochen.

„Nein, Niklas, Vater wird auch nach Weihnachten nicht zurückkommen."

Sie umwickelte Niklas' Händchen in ihrer Rockfalte.

„Aber er wird doch Geschenke schicken. Von der Insel im Notenmeer?"

Als keine Antwort kam, sah er zu seiner Mutter hoch.

Keine Geschenke? Sein Vater hatte immer Geschenke geschickt, wie weit er auch von zu Hause weg war.

„Er hat uns verlassen, stimmt's?" sagte Samuel und knallte seinen Teller auf den Küchentisch, „er kommt überhaupt nicht mehr zurück. Ist doch so?"

„Ist er tot?" fragte Niklas.

„Egal. Ob tot. In Japan. Oder sonst irgendwo. Das kommt doch auf dasselbe raus. Er ist ja sowieso nie zu Hause."

„Dein Vater ist Musiker, Samuel. Es ist sein Beruf, unterwegs zu sein."

„Dann soll er doch seine Klarinette heiraten! Und mit ihr Kinder haben!"

„Samuel!"

„Ach, Scheiße! Ist doch so."

Samuel sprang vom Stuhl auf.

„Wenn Klarinetten Kinder kriegen, sind das dann kleine Klarinetten?" fragte Niklas.

Und als Judith ihre Tränen nicht mehr zurückhalten konnte, schlüpfte Niklas aus ihrer Rockfalte und schaute verwirrt zu Samuel hoch.

„Ja, so wie du!" krächzte Samuel, und legte seine Arme um seinen Bruder, „du bist wirklich ein Trottel, Niklas!"

3.

Moses ahnte, dass diese geheimnisvollen Töne nicht an einem bestimmten Platz zu suchen waren. Und obwohl sie sich auf der Bühne eines Konzertsaals offenbart hatten, vermutete er ihren eigentlichen Ursprung in der Stille. Dort, wo sie in ihrer Makellosigkeit durch keine anderen Töne gestört würden. Auch nicht durch die von ihm selbst erzeugten. Mit denen er sie zwar aus ihren Tiefen gelockt, sie aber dann offenbar enttäuscht und verschreckt hatte.

Und so begab er sich ohne seine geliebte Klarinette auf eine Reise in die toskanischen Apenninen, von deren Stille und Einsamkeit er von Freunden gehört hatte. Damit verband Moses seine Suche nach den erlauschten Tönen mit einer anderen alten Sehnsucht, die seit seiner Jugendzeit in ihm schwelte. Italien. *Il paese del sole,* das Land des Lichts. Das für ihn immer schon auch das Land der Musik war.

„Und diese Stille erhoffst du dir in Italien zu finden?" fragte einer seiner Kollegen, als er von seinem Entschluss hörte, „ausgerechnet in Italien? In einem Land kakophonischen Gelärms?"

Er habe nicht vor, diese Töne auf der *Piazza San Marco* oder im Gewühle knatternder Mofas von Neapel zu suchen, sagte Moses unbeirrt. Er habe keine Ahnung, wo er sie finden und ob er sie überhaupt finden werde. Aber er wisse, dass er nach ihnen suchen musste. Wenn er seinen inneren Frieden finden wollte. Und in Italien wolle er mit seiner Suche beginnen.

Musikerfreunde hatten ihm von einer Wanderroute erzählt, die von Modena über die *Garfagnana* ans tyrrhenische Meer führe. Doch Moses wollte einen eigenen Weg durch diese Bergwelt gehen. Abseits ausgetretener, von Wanderern bevölkerter Pfade.

Er fuhr mit dem Alpenexpress nach Bologna. Stieg dort um in den ‚*direttissimo*‘, der ihn in die emilianischen Apenninen brachte.

„Du musst immer und überall deinen eigenen Weg gehen."

Wie oft hatte er das von seinem Ziehvater mit vorwurfsvollem Ton zu hören bekommen. Als sei es etwas Anrüchiges, ein Makel, den es zu beheben galt. Natürlich war er immer seinen eigenen Weg gegangen. Wessen Weg hätte er denn sonst gehen sollen?

In einem kleinen Bergort stieg Moses aus.

Das heruntergekommene Gebäude sah nicht aus wie ein Bahnhof. Und es war auch niemand außer ihm ausgestiegen. Doch dann entdeckte er die teils schon abgebröckelten Buchstaben auf der rußverschmierten Ziegelwand. *Stazione di Piccenio.*

„*Italia*", murmelte Moses ehrfürchtig.

Doch als eisige Windböen von den Bergen auf ihn zu bliesen und er Mühe hatte, überhaupt aus dem Zug zu steigen, wurde ihm bewusst, dass er sich Italien als immer nur warm und sonnig vorgestellt hatte, belächelte er sein einfältiges Vorurteil, als er seinen Fuß auf den italienischen Boden setzte. Denn es war kalt. Sehr kalt. Und der Himmel war grau. Sehr grau.

Er stemmte sich mit aller Kraft gegen den Wind. Und stampfte unverdrossen die Straße entlang, die aus dem Dorf heraus in die Berge führte.

Er dachte an Judith und die Kinder, die er verlassen hatte. Und er dachte an seine Musikerkollegen. Keiner von ihnen würde freiwillig seine Familie verlassen. Schon gar nicht wegen Tönen, die sich weder beschreiben noch abrufen ließen. Und die sich ihm seit dem Tag, als er sich auf die Suche nach ihnen machte, kein einziges Mal mehr offenbart hatten.

„Ich werde sie finden", rief er auf die verwaiste Landstraße hinaus.

Er wusste nicht, ob er die Töne damit meinte. Oder die Antworten auf Fragen, die in sein Bewusstsein drängten. Die aber, sobald er sie zu formulieren versuchte, in Schichten seines Inneren hinabsanken, zu denen er keinen Zugang hatte. Er spürte, dass sich tief in ihm etwas bewegte, das sich seinem Willen entzog. Und ihn vorwärts drängte.

Die Kälte nahm immer mehr zu. Und Moses musste sich eingestehen, dass er nicht angemessen gekleidet war.

Im nächsten Ort erwarb er zwei Baumwollpullover, einen winddichten Parka, einen langen Schal und eine wollene Mütze. Trotzdem fror er weiter. Auch der Versuch, sich mit ausladenden Schritten aufzuwärmen, half ihm nicht, die Kälte von sich abzuschütteln. Je mehr er ausschritt, desto mehr fror er. Er zog die zwei Pullover übereinander. Setzte die Mütze auf. Stopfte seine Schuhe mit Papiertaschentüchern aus. Schlang den neu erworbenen Schal mehrmals um Kopf und Hals. Und fror immer noch. Der beißende Wind zerrte an allen Fasern seines Körpers.

So kalt hatte er sich Italien nicht vorgestellt.

Kurz vor *Logaiolo* fiel Schnee. Die entlaubten Zerreichen verschwanden hinter einer weißen Flockenwand. Der Schnee fiel so dicht. dass Moses erst merkte, dass er sich bereits mitten im Ort befand, als er ein beleuchtetes Barschild auftauchen sah.

Der Mann hinter der Theke zeigte wenig Bereitschaft, Moses' Italienischkenntnisse zu würdigen. Er schlabberte ihm ein fast unverständliches *„m'dispiace, Signore,* tut mir leid mein Herr," entgegen. Und sah Moses ausdruckslos an.

Irgendwo müsse es doch eine Möglichkeit zum Übernachten geben, sagte Moses. Es werde bald dunkel. Und es schneie immer heftiger.

„*Venga!* Kommen Sie!" knurrte der Mann schließlich, ohne seinen Gesichtsausdruck zu verändern und führte Moses in einen winzigen Raum, der nur aus einer offenen

Feuerstelle, einem klapprigen Plastiktisch und zwei Stühlen bestand.

Über der Tischplatte hing eine ringförmige Neonlampe, die bläuliches Licht auf die verrußten Wände warf. Beißender Qualm füllte das Zimmer. Eine dunkle Gestalt stand über das Kaminfeuer gebeugt.

Der Mann brummte irgendwas vor sich hin. Zuckte mit dem Kinn auf Moses. Worauf ihn die Gestalt, die Moses nun als eine in einen schwarzen Kittel gehüllte Frau erkannte, mit einer knappen Kopfbewegung aufforderte, ihr zu folgen. Und dem ungebetenen Gast wortlos ein provisorisches Nachtlager herrichtete.

Am nächsten Tag lag eine geschlossene Schneedecke über *Logaiolo*. Und da es immer noch weiterschneite, beschloss Moses, seine Reise zu unterbrechen, um sich erst einmal an die heimtückische Kälte zu gewöhnen, die mittlerweile tief in seine Knochen eingesickert war.

Ein freundlicher Apotheker nannte ihm die Adresse einer Witwe, die seit dem Tod ihres Mannes allein lebte und immer wieder Untermieter aufnahm. Er würde bei ihr anrufen und sich erkundigen, wenn er es wünsche.

Überrascht von der unerwarteten Hilfsbereitschaft, mit der er nach den zwei wortkargen Alten nicht mehr gerechnet hatte, sah er den Apotheker dankbar an.

Es gab sie also, die italienische Sprache. Und die italienische Freundlichkeit.

Es gäbe da noch eine andere Frau im Ort, die Zimmer vermiete. Sagte der Apotheker. Sie sei jung. Und sehr hübsch. Auch sie sei alleinstehend, fügte er zwinkernd hinzu. Doch als er sah, dass Moses zögerte und verlegen lächelnd den Blick senkte, lächelte auch er.

„*Ho capito, ho capito,* ich verstehe," sagte er, „ich werde Sie doch lieber bei der Witwe anmelden."

4.

„Signora Delfina?“ fragte Moses, als er bei der Witwe ankam.

Sie kicherte.

Jaja, das sei ein sehr seltener, ein alter Name. Ihre Großmutter habe sich diesen Namen für sie gewünscht. Heute käme kein Mensch mehr auf die Idee, seine Tochter Delfina zu nennen.

Sie kicherte wieder. Stülpte ihre Unterlippe nach unten und musterte Moses. Sie hatte auf einen Untermieter gehofft, der ihr im Haushalt behilflich sein würde. Vor allem beim Brennholzspalten. Als sie Moses‘ Hände sah, schüttelte sie den Kopf. Diese Hände würden kein Holz für sie hacken. Doch als Moses sich bedankte und sich umdrehte, rief sie ihn zurück. Um diese Jahreszeit würde kein Wanderer mehr bei ihr vorbeikommen. Gemeinsam ließ es sich besser auf den Frühling warten.

Und sie bat den *straniero*, den Fremden herein.

Bereits nach Moses‘ erstem Versuch, ein paar Scheite Holz zu spalten, bewahrheitete sich, was *Signora Delfina* vorausgeahnt hatte. Sie nahm ihm die Axt aus der Hand. Und jagte ihren Untermieter mit einem Schwall aufgebrachter Worte ins Haus zurück.

Auch wenn sie nicht wisse, wozu seine Hände gut seien, wolle sie nicht, dass er sie sich abhackte, rief sie ihm nach. Und auch als Moses ihr ein paar Handgriffe in der Küche abnehmen wollte, schüttelte sie den Kopf. Legte seine Hände in ihre Hände. Wiegte sie auf und ab. Betastete jeden einzelnen seiner Finger. Schickte Moses in den Sessel vor ihrem offenen Kamin zurück. Umwickelte ihn mit einer von Brandlöchern übersäten Decke. Bettete seine Hände behutsam auf die Armlehnen. Und befahl ihm, dort sitzen zu bleiben.

„Was kann man mit solchen Händen machen?“ seufzte sie.

Offenbar war sie der Meinung, Menschen mit solchen Händen seien für nichts anderes geeignet, als tatenlos vor dem Kaminfeuer zu sitzen, amüsierte sich Moses. Begutachtete seine Hände. Bewegte sie gedankenverloren über die Klappen einer unsichtbaren Klarinette.

Doch als Moses spürte, wie er sich in Erinnerungen zu verlieren begann, drängte er diese entschieden von sich. Kuschelte sich in die löcherige Decke. Beobachtete die sich um die Holzscheite krümmenden Flammen. Ergab sich dem von der Witwe verordneten Nichtstun.

Wann immer Moses etwas anfasste, nahm sie es ihm ab. Drückte ihn in den Sessel. zurück Und schlang die Decke so fest um seinen Körper, dass Moses gar nichts anderes übrigblieb, als in Bewegungslosigkeit zu verharren.

Allabendlich saßen sie um das kärgliche Kaminfeuer, wickelten sich in ihre Decken, um den kalten Zugwind, der durch Tür- und Fensterritzen pfiff, von sich abzuwehren. Stierten in das flackernde Feuer. Und dösten gemeinsam vor sich hin.

Schon bald gewöhnte sich Moses daran, vollkommen gedankenleer neben der Witwe zu sitzen. Sein früheres Leben schien von ihm abgetrennt, als hätte es nie existiert.

Manchmal mischte sich ein verhaltener Seufzer der Witwe in das Prasseln und Zischen der züngelnden Flammen. Und Moses schreckte hoch. Dann trafen sich ihre Blicke. Sekundenlang schielten sie scheu über die unsichtbare Grenze, die sie voneinander trennte. Um sich dann wieder zu verkriechen. Jeder für sich, in seine eigene, abgegrenzte Welt.

Während die Witwe unbeweglich in ihren Decken kauernd, in die auf und ab hüpfenden Flämmchen starrte. Und in immer gleichem Singsang Unverständliches vor sich hin brabbelte, gesellte Moses, um seine Aufmerksamkeit zu signalisieren hin und wieder einen gutturalen Laut dazu. Mit dem sich die Witwe zu begnügen schien. Und Moses schlummerte Moses wieder in sich selbst zurück. Wo ihn gedankenleere Weite empfing.

Eines Abends glaubte er eine Melodie zu erlauschen, die aus den schwelenden Scheiten sang, und Signora Delfinas Gebrabbel überlagerte. Windböen sausten durch die Eingangstür, verfingen sich heulend im Kamin. Und unterbrachen, wie ein überraschender Bläsereinsatz, den monotonen Sprechgesang der Witwe.

Da stieg ein brennender Schmerz in ihm auf. Und er spürte sie wieder. Diese Sehnsucht nach den Tönen, die ihn in diese abgelegene Bergwelt getrieben hatten. Töne, die er vielleicht nie wieder hören würde. Und für die er alles, was ihm im Leben etwas bedeutete, aufgegeben hatte.

Er sah Judith an seinem Flügel stehen, Wut und Verzweiflung in ihren Augen. Er sah die Blicke von Samuel und Niklas fragend auf sich gerichtet. Er spürte das Mundstück seiner Klarinette zwischen seinen Lippen, den Geschmack des Rohrblattes auf seiner Zunge. Und ließ seine Finger über imaginäre Klappen gleiten.

Und auf einmal hörte er die Töne wieder. Die wie aus weiter Ferne auf ihn zuzuschweben schienen.

Moses sprang auf. Rannte zur Haustür. Und starrte in die Nacht hinaus.

Doch er sah nur Schneeflocken, die sich sanft und unendlich leise zu einer undurchdringlichen weißen Wand verwoben.

Nur einmal verspürte Moses das Bedürfnis, mit der Außenwelt in Kontakt zu treten.

Er lief durch die tief verschneiten Gassen, bis er ein *tabacchi*, einen Kiosk entdeckte. Kaufte eine Tageszeitung. Lief tief in seinen Schal gehüllt denselben Weg wieder zurück zur Witwe. Ohne seinen Blick nach rechts oder links zu wenden.

Die Witwe sah über die Seite hinweg, als Moses auf eine Zeile deutete.

„*Mi dispiace,* Signora, das wusste ich nicht," sagte Moses betreten.

Es war ihm unangenehm, sie in die peinliche Situation gebracht zu haben.

„Was tut Ihnen denn leid, Signore? Dass ich nicht lesen kann? Das muss Ihnen nicht leidtun."

Sie machte eine abfällige Handbewegung.

„Dafür lohnt es sich nicht, lesen zu lernen."

„Aber hier steht etwas von mehreren kleinen Erdbeben in den Apenninen," sagte Moses beunruhigt, „sogar in der Nähe von *Logaiolo.*"

Sie beugte sich vor und schob ein schon bereit gelegtes Holzscheit in die nur noch schwach flackernden Flammen.

„Manchmal zittert eben die Erde. Wundert Sie das, Signore?"

Sie nahm ihm die Zeitung aus der Hand. Faltete sie zusammen. Legte sie auf dem Kaminsims ab.

„*Per accendere fa comodo,* zum Anzünden taugt sie, brummelte sie und schaute auf die unbrauchbaren Hände ihres Untermieters.

„Was machen Sie mit diesen Händen, Signore?"

Er sei in einem früheren Leben Musiker gewesen, sagte Moses.

„Was soll das heißen, in einem früheren Leben?" fragte die Witwe misstrauisch, als wolle er ihr weiszumachen versuchen, dass einem dort, wo er herkommt, mehrere Leben zu Verfügung stünden.

„Ich bin, das heißt ich war Klarinettist," sagte Moses.

Die Witwe stocherte in der Kaminglut.

Er habe Frau und Kinder verlassen, fuhr Moses fort. Und dies alles wegen geheimnisvoller Töne, die vermutlich nur in seinem Kopf existierten.

Da hob Signora Delfina ruckartig ihren Kopf und beäugte den untersetzten Mann, der nun schon seit Wochen ihr Gast war, als sei er Teil einer fremden Spezies, die ihre Vorstellungskraft überstieg.

„*Lei ha famiglia, moglie e figli?* Sie haben Frau und Kinder, Signore? *Ma oggi è vigilia!* Heute ist Heiligabend! Und morgen ist Weihnachten, wissen Sie das denn nicht, Signore?"

Moses senkte den Kopf. Er hatte sein Zeitgefühl im Dahinfließen der immer gleichen Tage verloren.

„Weihnachten?"

„*Sì,* Signore, *Natale!*" bekräftigte die Witwe, „Weihnachten! Das ist ein Fest der Familie!"

Sie schüttelte so heftig den Kopf, dass der dadurch entstehende Windzug die Glut im Kamin entflammte. Dann bückte sie sich. Und schob ein paar heraus gekullerte Holzstücke in die Flammen zurück. Das feuchte Holz sang und pfiff. Weiße Wölkchen kringelten sich zögerlich dem Rauchfang entgegen. Verharrten unschlüssig an der Kaminsimskante. Während aus den unteren Enden der Scheite zischend schmutzig brauner Saft schäumte. Funken und Flämmchen sprühten in allen Farben aus der geplatzten Rinde.

„Weihnachten," murmelte Moses vor sich hin. Hustete. Stand auf. Und wankte auf die Eingangstür zu.

Und ich habe nicht einmal Geschenke geschickt, dachte er verstört.

Behutsam schwebten die Flocken vor ihm nieder, bedeckten seine Schuhe. Verfingen sich in seinen Wimpern. Kitzelten auf seinen Lippen. Durch die Flockenwand meinte er Stimmen zu hören. Aber er verstand nicht, was sie sagten.

„Signore!" hörte er die Witwe hinter sich rufen, „kommen Sie ans warme Kaminfeuer zurück! Sie werden sich den Tod dort draußen holen!"

Moses starrte in die weiße Nacht hinaus. Er spürte nicht, dass sich auf seinem Kopf ein weißes Häubchen gebildet hatte, das durch seine Haare nässte. Als er eine knochige Hand auf seiner Schulter spürte, zuckte er erschrocken zusammen.

Willenlos ließ er sich von der Witwe ins Innere des Raums schieben.

„Setzen Sie ich zu mir ans Feuer! Um diese Zeit irren Gespenster durch die Straßen. Es ist nicht gut in einer solchen Nacht da draußen zu sein."

5.

Am nächsten Morgen erstrahlte *Logaiolo* in gleißendem Licht. Der Ort lag tief verschneit unter der kalten Wintersonne.

Überfrorene Schneehaufen glitzerten in allen Farben, als Moses zum Postamt stapfte. Der harschige Schnee barst unter seinen Füßen. Eisig blies ihm der *tramontana* entgegen.

Die Straßen waren leer. Das Postamt geschlossen.

Moses rüttelte an der Glastür. Auch sein ungestümes Klopfen blieb ohne Erfolg.

„*Non c'è nessuno?!*" rief er in den menschenleeren Vormittag.

„*È tutto chiuso!* " antwortete eine dunkle Frauenstimme von der gegenüberliegenden Straßenseite.

Moses drehte sich um. Konnte aber niemanden sehen.

„*L'ufficio postale è chiuso*, das Postamt ist geschlossen, *è Natale*, Signore, es ist Weihnachten."

Eben deswegen müsse er unbedingt telefonieren, rief Moses. Er sei der Untermieter der Witwe Delfina.

„*Lo so*, ich weiß."

Schweigen.

„*Logaiolo* ist ein kleiner Ort," sagte die Frauenstimme, „*venga*, kommen Sie! Sie können bei mir telefonieren. Ich mach' unten auf."

„*Grazie*," sagte Moses und verbeugte sich vor dem geschlossenen Fensterladen.

Die Dunkelheit des Raums überraschte ihn. Bunte Kugeln platzten auf seiner Netzhaut.

Erst nach einer Weile konnte er spärliches Licht erkennen, das von außen durch die Lamellen der Fensterläden schimmerte. Er tastete sich vorsichtig durch den Türrahmen.

„*Mi scusi!* Der Schnee und die grelle Sonne da draußen. Ich kann nichts sehen."

„*Ha ragione*", sagte die junge Frau mit ihrer kehligen Stimme und öffnete die Fensterläden.

Moses hielt sich die Hand vor die Augen.

„Bin ich so hässlich?" lachte sie.

„Jetzt sehe ich nichts, weil mich das Licht blendet," wehrte Moses verlegen ab.

Wieder lachte sie.

"*Veramente non è facile accontentarla,* Signore. Es ist wirklich nicht leicht, Sie zufriedenzustellen."

Ihr Lachen hüpfte wie ein Wasserfall über ihre Lippen.

„Bedienen Sie sich!"

Moses spürte, wie das Blut in seinen Kopf drängte. Wandte sich ab. Suchte nach Worten, um von seinem, wie er vermutete, inzwischen puterrot angelaufenen Gesicht abzulenken.

„*Prego?* Wie bitte?" stammelte Moses heiser.

„Das Telefon," sagte die Frau, „Sie wollten doch telefonieren?"

„Ah ja," sagte Moses und sah sich in ihrem Wohnzimmer um.

Der Raum war groß und kaum möbliert. In einem offenen Kamin räucherten zwei übereinander gelehnte Holzklötze. Nur hin und wieder züngelten Flammen hervor. Erloschen dann sofort wieder. Die angrenzenden Seitenwände und die Zimmerdecke waren schwarz vor Ruß. Die kümmerlichen Heizbemühungen machten den Raum kaum wärmer, als es draußen war.

Vor dem Kamin stand ein filigraner Holztisch mit verschnörkelten Beinen und einer spiegelblank polierten Platte. Zehn säuberlich aufgereihte Stühle verschiedener Stilrichtungen wiesen auf eine große Familie hin. Mit offenbar unterschiedlichen Sitzansprüchen.

„*Vivo da sola,* ich wohne allein hier," sagte die Frau, als hätte sie Moses' Gedanken erraten.

Zehn Stühle für sie allein, dachte Moses und stellte sich vor, wie sie jeden Tag neu darum rang, auf welchen sie sich setzen sollte.

Sie trug ein schwarzes Kittelkleid aus grobem Stoff, das nur knapp bis zu ihren Knien reichte und nackte Beine freigab. Die Kälte schien ihr nichts auszumachen.

Mit einem Ellbogen gegen den Kaminsims gestützt, spielten die Zehen ihres linken Fußes an ihrer rechten Wade. Amüsiert beobachtete sie, wie Moses versuchte, seinen Blick von ihren Beinen fernzuhalten. Und seine Hände ineinander rieb.

Als sie jetzt ein weiteres Mal „*si accommodi!* Bedienen Sie sich!" sagte, wusste Moses nicht mehr, was er mit seinen Händen machen sollte. Und versteckte sie in seinen Hosentaschen.

Die Verbindung brach bereits nach den ersten gewählten Nummern ab.

Moses versuchte es noch einmal.

Es rauschte und tirilierte im Hörer, als habe er mit einem entfernten Planeten Kontakt aufgenommen. Seine Hände zitterten. Dann begriff er, dass er die Faxnummer gewählt hatte. Schweißtropfen bildeten sich in seinem Nacken.

Während er die grauen Knöpfe auf dem Apparat ein weiteres Mal niederdrückte, spürte er die Augen der Frau auf sich gerichtet.

Das Besetztzeichen ertönte.

Moses legte den Hörer wieder auf. Nach einem dritten Versuch teilte ihm eine elektronische Stimme mit, die von ihm gewählte Nummer sei nicht vergeben.

Jetzt begannen auch seine Knie zu zittern.

„*Non risponde nessuno?*" fragte die junge Frau besorgt.

Moses fixierte den Telefonapparat.

„Vielleicht ist es einfach noch zu früh", gab sie zu bedenken.

Moses sah zu, wie ihre Finger unablässig ihr Haar zerzausten.

„Wenn Sie wollen, können Sie nachher nochmal vorbeikommen. Vielleicht ist ihre…" sie zögerte, „ihr Gesprächspartner oder ihre Gesprächspartnerin noch nicht aufgestanden. Es ist wirklich noch sehr früh für einen Feiertag."

„Ja, vielleicht. Entschuldigen Sie!"

„Nein, nein, ich bin schon lange auf," wehrte sie ab, „ich meine…" sie deutete auf den Telefonapparat.

Moses folgte ihrem Finger.

„Sie wussten also, dass ich bei der Witwe wohne," sagte Moses, um von seiner Verwirrung abzulenken, „wahrscheinlich weiß es der ganze Ort."

Gemeinsam betrachteten sie die Sonnenstrahlen auf dem Terracottaboden.

„*Logaiolo* ist klein. Und im Winter verirren sich nur selten Deutsche hierher."

Moses schwieg und besah sich im ovalen Wandspiegel neben dem Telefon. Was er dort sah, erfreute ihn nicht. Ein untersetzter Mann in undefinierbarem Alter. Über dunklen, tiefliegenden Augen wölbten sich dichte Brauen. Meliertes buschiges Haar kräuselte sich über Stirn und Ohren. Den Mund, der ihm entgegenschmollte, fand er zu sinnlich, die Lippen zu fleischig. Doch er konnte nichts entdecken, was ihn als Deutschen kennzeichnete.

„Natürlich beherrsche ich den hiesigen Dialekt nicht," sagte er.

„Natürlich nicht. Man muss hier aufgewachsen sein, um ihn zu beherrschen."

„Aber könnte ich nicht auch aus Triest oder aus Brescia kommen?"

„Ja, auch dort haben sie ihre Dialekte."

„Ich meine..."

„Ich verstehe schon," lachte sie, „seien Sie unbesorgt! Ihr Italienisch ist ausgezeichnet."

Sie löste sich vom Kaminsims und bewegte ihren Zeigefinger vor sich her.

„Es ist die Art, wie Sie sich bewegen. Wie Sie schauen. Ein Italiener würde sein Interesse an einer Frau nicht verhehlen. Sie dagegen schämen sich für Ihr Interesse. Versuchen, es zu verbergen."

Moses hüstelte und verlagerte sein Gewicht von einem Bein auf das andere.

„Und das erkennen Sie so auf einen Blick, Signora?"

Sie sah ihn jetzt unverwandt an.

„Signorina," sagte sie, „bene, vielleicht nicht gerade auf einen Blick."

„Woher wollen Sie wissen, was typisch für uns Deutsche ist, wenn sich doch kaum Touristen hierher verirren, wie Sie sagen? Könnte ich nicht auch Engländer, Norweger oder Franzose sein?"

„No, no, no" lächelte sie und verteilte mit einer gekonnten Bewegung ihre Haare auf ihren nackten Schultern. „Norweger? Kann sein. Vielleicht. Im Notfall auch Engländer, ja. Aber Franzose? Nein."

Sie maß ihn mit amüsiertem Blick.

„Deutscher," sagte sie entschieden, „im Sommer kommen übrigens viele ihrer Landsleute hierher. Im Winter bleiben sie lieber zu Hause, in ihren gut geheizten Häusern."

Sie lächelte.

Ja, dachte Moses und rieb seine Hände.

„Sehen Sie das nicht ein bisschen klischeehaft, Signora?"

„Signorina," wiederholte sie, „klischeehaft? Nein, eigentlich nicht. Warum?"

„Der lockere buhlende Italiener. Und der reservierte unbeholfene Deutsche?"

Moses bemühte sich, den Ärger zu unterdrücken, der in ihm aufstieg. Und den er nicht gegen sie empfinden wollte.

„Der vermutlich wortkarge Norweger, der steife Engländer und der charmante Franzose, nicht wahr Signora?"

„Signorina," korrigierte sie geduldig, „es tut mir leid. Ich wollte Sie nicht verärgern."

Sie wandte sich um. Nahm erneut ihre Pose am Kaminsims ein. Ließ jetzt ihren rechten Fuß an ihrem linken Unterschenkel auf- und abwandern.

„Danke, es war sehr freundlich von Ihnen, mir Ihr Telefon zur Verfügung zu stellen," sagte Moses.

Die Frau stieß einen gurrenden Lachlaut aus. Ihre Lippen wölbten sich ihrer Nasenspitze entgegen.

„*Si figuri!* Ich bitte Sie! Es hat Ihnen ja nicht viel genützt. Kommen Sie ruhig später noch einmal. Sie stören mich nicht. Wie ich Ihnen schon sagte, lebe ich allein."

Moses errötete wieder.

„Es wird mir auch später nichts nützen," grummelte er befangen und wandte sich der Tür zu.

Ihre forschenden Augen ruhten auf ihm.

Die Kälte war jetzt aus seinem Körper gewichen.

„Woher wollen Sie das wissen?"

„Wie bitte? Was wissen?" stotterte Moses.

„Dass es Ihnen auch später nicht gelingen würde."

„Verzeihen Sie! Aber ich weiß nicht, was Sie meinen?"

„Ihr gewünschtes Gespräch zu führen. Warum sollte Ihnen das auch später nicht gelingen?"

Sie sah ihn bekümmert an. Auch ihr Mund lachte nicht mehr.

„Zuerst hatte ich mich verwählt. Ich hatte die Faxnummer angerufen. Als ich dann die richtige Nummer wählte, erfuhr ich, dass sie nicht mehr existiere. Der Anschluss ist wohl gelöscht worden."

Sie wischte ihre Hände an ihrem Kittel ab, ohne ihren Blick von ihm zu nehmen.

„Ich verstehe."

„Wirklich?" raunte Moses.

„Oh, ich wollte Ihnen nicht zu nahetreten."

Ihr Blick verwirrte ihn so, dass er die Türklinke verfehlte und gegen sie torkelte.

„Scusi!" stammelte er heiser. Löste sich von ihr und wankte noch einmal auf die Tür zu. Die ihm die Signorina jetzt wortlos aufhielt.

„Sie sollten nicht so schnell aufgeben, Signore! Versuchen Sie es doch später noch einmal!"

Der Klang ihrer tiefen Stimme begleitete ihn auf die Straße.

Geblendet von all dem Weiß, das ihm entgegenprallte, wandte er sich noch mal um.

„Sie sind mir nicht zu nahegetreten," sagte er gegen ihre Silhouette.

„Vielleicht war ja nur etwas mit der Verbindung nicht in Ordnung," ermunterte sie ihn nochmal.

Und verschwand im Hausinnern.

Das in auf und ab hüpfenden Lichtpunkten funkelnde Weiß explodierte in seinen Augen. Erst nach und nach erkannte Moses, dass der Ort sich belebt hatte. Schwarz gekleidete Frauen staksten wie riesige Krähen durch den Schnee.

Gab es denn keine Männer in diesem Bergdorf? Und wo waren die Kinder?

Wieder fing es in seinem Brustkorb zu pochen an. Er taumelte gegen einen Schneehaufen. Die Krähenfrauen taten, als beachteten sie ihn nicht. Erst als Moses außer Hörweite war, fingen sie zu murmeln an. Und warfen abwechselnd Blicke auf ihn. Und hinauf zum Fenster gegenüber dem Postamt.

Bei der Witwe Delfina empfingen Moses ein feierlich gedeckter Tisch und der Geruch von Rosmarin, Salbei und geschmortem Rindfleisch. Die Teller waren aus feinem Porzellan und daneben lag, statt, wie sonst, der mit braunem Plastik eingefassten Messer und Gabeln, blankpoliertes Besteck aus Silber. Servietten mit aufgedruckten Tannenzweigen steckten in hohen Stielgläsern.

Noch bevor Moses seine Verwunderung zum Ausdruck bringen konnte, tätschelte Signora Delfina seinen Arm.

„Sie und ich, mein lieber Signore, wir werden jetzt Weihnachten feiern. Wir sind heute Abend eine Familie. Öffnen Sie doch bitte die Flasche dort auf dem Kaminsims! Der Wein ist noch von Lorenzo. Es ist eine besondere Flasche. Er wollte sie für unseren Sohn aufbewahren, *il poverino*, der Ärmste. Für einen Sohn hat es leider nicht gereicht zwischen uns beiden. Aber vom Wein verstand er was, der arme Lorenzo. Ich weiß natürlich nicht, ob er noch schmeckt. Das weiß man nie bei diesen alten Weinen."

„Lorenzo?" fragte Moses.

„*Mio povero marito,* mein verstorbener Mann. Überrascht Sie das? Eine Witwe muss ja wohl irgendwann einen Mann gehabt haben," kicherte sie.

Moses nickte verlegen.

„*Avanti, coraggio!* Nur Mut! Gehen Sie nur, öffnen Sie die Flasche! Er kommt nicht mehr zurück. Und einen Sohn hat er mir ja auch nicht hinterlassen."

Während Signora Delfina die Bestecke zurechtrückte, sagte sie beiläufig:

„Sie haben versucht, Ihre Frau anzurufen, *vero?"*

Moses sah erschrocken auf.

„Das Postamt war natürlich geschlossen," fuhr die Witwe fort und tätschelte wieder den Unterarm ihres Untermieters.

„Eine junge Frau hat mich in ihre Wohnung gebeten. Und mir ihr Telefon angeboten."

„*Davvero?* Wirklich?" sagte die Witwe mit gekünstelter Überraschung und sah ihn erwartungsvoll an.

„Und?"

Moses betrachtete seine Schuhe.

„Ich verstehe," sagte die Witwe, nahm den Schürhaken und stocherte in der Glut.

Alle scheinen mich zu verstehen, dachte Moses, nur ich mich selbst nicht.

„*È una bella donna, vero?* "Sie ist eine schönen Frau, nicht wahr?" hakte die Witwe nach.

Moses nahm die Flasche vom Kaminsims.

„Sie lebt allein," sagte Signora Delfina.

„Ich weiß. Sie hat es mir gesagt."

„Das hat sie Ihnen gesagt? Und?"

„Ich wollte nur telefonieren, Signora."

„Und? Haben Sie Ihre Frau erreicht? Sie haben doch Ihre Frau angerufen?"

Moses hielt immer noch die Flasche in beiden Händen und schaute unruhig um sich.

„Der Korkenzieher liegt dort in der Ecke," sagte die Witwe.

Moses zog langsam am Korken, bis er mit einem lauten Plopp aus dem Flaschenhals glitt. Das füllige Aroma des alten Weins drang in seine Nase.

„Ich weiß nicht, warum Sie sich von ihrer Familie getrennt haben, Signore. Oder ob Ihre Familie Sie verlassen hat. Das geht mich nichts an. Aber es ist Weihnachten, Signore. Die Signorina bittet Sie in ihre Wohnung. Sie sind einsam. Die Signorina ist einsam." sagte die Witwe und machte sich kopfschüttelnd an der Küchenablage zu schaffen.

Diese Witwe will mich verkuppeln, dachte Moses unfroh.

„*A te*, Lorenzo, *povero stronzo!* Auf dich, Lorenzo, du armseliger Dummkopf!" seufzte die Witwe und nahm einen kräftigen Schluck.

„Ich bin nicht einsam, Signora," sagte Moses und legte sich eins der würzig riechenden Fleischstücke auf seinen Teller.

„Ich habe Sie," fügte er hinzu.

Die Witwe legte ihr Besteck beiseite. Presste ihre Handflächen auf ihre Lippen. Schluckte mehrmals, bis sie die Fleischstücke in ihrem Mund heruntergewürgt hatte.

„Hast du gehört, was der Signore gesagt hat, *Lorenzino?*" prustete sie, „er hat mich, hat er gesagt."

Sie schüttelte sich vor Lachen.

„Er hat mich!"

6.

Die Wintermonate zogen sich dahin.

Als es im März noch immer nicht Frühling werden wollte, konnte Moses seine Ungeduld kaum noch zurückhalten. Wie war es nur möglich, dass dieses Land, das so sehr mit seiner Sonne kokettierte, sich gar nicht erwärmen wollte?

Signora Delfina sah ihn an, wie man einen dummen Jungen ansieht.

„Wir sind hier in den Bergen."

Am Meer sei es längst Frühling. Sie habe ihre ganze Kindheit am Meer gelebt. In der Nähe von Capalbio, in der südlichen Toskana. Bis sie dieser unglückselige Lorenzo von dort weggeholt und in diese gottverlassenen Berge verschleppt habe.

Sie beobachtete die Holzscheite, die nur noch qualmten.

„*O Dio, il mare,* oh Gott, das Meer!" seufzte sie.

Dann nahm sie den Schürhaken. Stocherte so lange in der Glut, bis die Holzreste wieder aufflammten. Kuschelte sich wieder in ihre Decken. Sinnierte in die züngelnden Flammen, als erblicke sie in ihnen noch einmal die Weite des heimatlichen Meeres. Aus der sie besagter Lorenzo seinerzeit gerissen hatte. Um sich dann aus dem Leben zu stehlen.

Moses war nicht der erste Ausländer, mit dem Signora Delfina ihr Haus teilte. Alle ihre bisherigen Untermieter waren *forestieri,* wie man in der Toskana die Ausländer bezeichnet. Für Signora Delfina war jeder ein Ausländer, der einem anderen Ort entstammte, als dem, in dem man selbst lebte und aufgewachsen war. Ob dies nun Turin, Bologna, Stockholm oder Tokio oder auch nur Bologna oder Florenz war, machte für sie keinen Unterschied. Es war nun mal so, dass sich jeder Mensch vom anderen unterschied. Der Bäcker vom Pfarrer. Der Postbote vom Dorfpolizisten. Männer von Frauen. Und umgekehrt. Wie sich eben auch alle anderen Lebewesen voneinander unterschieden. Ein Pferd von einer Kuh. Eine Katze von einem Kaninchen. Ein Hund von einem Wolf. Ein Hausschwein von einem Wildschwein. Und eine Ameise von einer Mücke.

Doch, dass jemand fern von seiner Familie lebte, das wollte nicht in ihren Kopf. Dieser Gedanke beschäftigte die Witwe all die Monate, während sie gemeinsam vor dem Kamin saßen. Und sie in ihren eintönigen Singsang verfiel. Und Moses ahnte nicht, dass sie ihre Litaneien summte, um das für sie Unfassbare von sich fernzuhalten:

Wie kann ein Mensch, der Frau und Kinder hat, freiwillig getrennt von ihnen leben?

Als die ersten Frühlingsvögel zu singen begannen, spürte Moses die im Gleichklang der dahinfließenden Tage eingesunkene Sehnsucht nach den geheimnisvollen Tönen unerwartet heftig in sich aufflammen. Und er stellte verwundert fest, dass er all die Wochen, die er bei der Witwe verbrachte, fast vergessen hatte, warum er unterwegs war.

Als er eines Morgens die löcherige Decke zusammenfaltete und auf die Kaminbank legte, sagte Signora Delfina nur „*lo so*, ich weiß" und bereitete ein paar Brote mit *prosciutto* und *pecorino* für ihren stillen Gast, der die einsamen Wintermonate mir ihr geteilt hatte.

Moses verließ *Logaiolo* und nahm seine Wanderung wieder auf. Und obwohl er nicht wusste, wo er eigentlich hinwollte, störte es ihn, dass er nicht vorankam.

Nachdem er zwei Wochen durch Kiefernwälder geirrt war, hatten sich seine Füße entzündet und waren so angeschwollen, dass seine Schuhe zu platzen drohten. Den ganzen Winter über war er steif und zusammengekrümmt vor Signora Delfinas rauchendem Kamin gehockt. Seine Füße waren nicht mehr ans Gehen gewöhnt. An wochenlanges Ausschreiten schon gar nicht.

Als Musiker stand er täglich mehr als sechs Stunden auf seinen Füßen. Übte Tonleitern, Oktavsprünge, vertrackte Passagen in seinen Soli. Und abends, auf den Bühnen der Konzertsäle, stand er wieder. Aber er war nie viel in seinem Leben gegangen. Seine Fußwege beschränkten sich auf die kurzen Wege zwischen Taxi und Bahnhof oder Taxi und Flughafen.

Moses trabte auf eine Bergkuppe zu.

Vor ihm öffnete sich eine Talmulde. In der sich eine Ansammlung von Häusern zu einem Dorf zusammen zu schmiegen schien. Und er nahm sich vor, dort unten eine Rast einzulegen.

Beim Abwärtsgehen verdunkelte sich der Himmel und es wurde plötzlich wieder kälter. Gleichzeitig veränderte sich die Vegetation. Ein begehbarer Pfad war kaum noch erkennbar. Dicht zusammengedrängte, von Efeu umschlungene Zerreichen, abgeknickte Ginsterbüsche und

Brombeersträucher ließen ihn nur noch sehr langsam vorankommen. Als er sich an einen Erdbeerbaum lehnte, um seine Schuhe auszuziehen, geriet er ins Wanken, ruderte mit beiden Armen. Und plumpste in einen Wacholderbusch. Die spitzen Nadeln bohrten sich durch seine Kleidung. Und als er sich wieder aufzurichten versuchte, zerstach er sich Hände und Arme.

Erschöpft sackte er auf einen Baumstumpf, zerrte vergeblich an seinen Schuhen, die sich nicht von seinen geschwollenen Füßen ziehen lassen wollten. Rappelte sich wieder hoch. Und humpelte weiter abwärts.

Was von weitem wie intakte Natursteinhäuser ausgesehen hatte, entpuppte sich als die Reste eines verlassenen Dorfes. Durch die handbreiten Risse der Mauern wuchsen Besenkrautsträucher. Die meisten Dachbalken waren durchgebrochen. Verrottete Türen hingen in rostigen Angeln. Neben den Eingangsstufen der Häuser lagen von Brombeersträuchern umrankte, vermoderte Fensterläden.

„Hier lebt seit Jahrzehnten keiner mehr," murmelte Moses vor sich hin.

Miefige Kälte kroch aus den Ruinen.

Als er sich auf die Reste einer eingestürzten Mauer setzte, um seine schmerzenden Füße zu entlasten, fielen plötzlich wieder Schneeflocken aus einem grauen, sich immer mehr auf ihn herabsenkenden Himmel.

War dies das sonnige Italien, das so viele Lieder besangen? Das Land, wo die Zitronen blühen, wie Goethe es nannte?

Die Schneeflocken bildeten weiße Schleier. Quälende Erinnerungen drängten in sein Bewusstsein. Verwandelten sich in Zweifel, die ihn mit Fragen überschütteten.

Was war mit ihm geschehen?

Hatte er Frau und Kinder verlassen, um monatelang mit einer wortkargen Witwe stoisch vor einem spärlichen Kaminfeuer zu sitzen? Und was suchte er jetzt in dieser unzugänglichen Bergwelt?

Während er in den Trümmern dieses verlassenen Bergdorfes kauerte, frierend, mit entzündeten Füßen und schmerzenden Gliedern, fragte er sich, ob es denn wirklich die Sehnsucht nach diesen nie zuvor gehörten Tönen war, der er folgte. Oder ob sich ein ganz anderer ihn vorwärtsdrängender Zwang in ihm eingenistet hatte? Der ihn unerbittlich vorantrieb. Ein Zwang, zu dem er selbst keinen Zugang hatte?

Vielleicht träumte er ja nur, was er zu erleben glaubte? Und würde in Kürze erwachen? Sich auf einer der vielen Bühnen wiederfinden, auf denen man ihm zugejubelt hatte. Seine Klarinette mit beiden Händen hoch über seinen Kopf haltend, um den brausenden Applaus von sich abzulenken.

Warum nur war er so entsetzlich müde?

Er kannte diese unaufschiebbare Müdigkeit. Diese Müdigkeit, die ihn stets überfiel, wenn er den Konzertsaal verließ. Und mit letzter Kraft auf ein Taxi zu taumelte.

Nur ein paar Minuten schlafen, dachte er. Der Taxifahrer würde ihn schon rechtzeitig wecken.

Aber was waren das für Töne, die sich plötzlich ihren Weg zu seinen Ohren bahnten?

Aus weiter Ferne schien eine Melodie auf ihn zuzuschweben. Eine Melodie, die er kannte. Auch die Art, wie sie geblasen wurde, war ihm vertraut. Doch als er ihr nachzulauschen versuchte, brach sie ab.

Seine Füße hatten jetzt aufgehört zu schmerzen. Auch seine Glieder spürte er nicht mehr.

Lautlos fiel immer mehr Schnee auf ihn herunter.

Und da war sie wieder, diese Melodie!

In bauchigen Basstönen erhob sie sich über die tanzenden Schneeflocken, verließ das vertraute Thema. Kletterte hinauf in die obersten Oktaven, um in gellenden Triolen zu zerspringen. Doch als er aufzustehen versuchte, um herauszufinden, woher diese Melodie auf ihn zu tönte, gelang es ihm nicht, sich zu erheben. Sein Körper war ihm abhandengekommen.

Egal, dachte Moses. Wenn er nur wüsste, warum ihm die Melodie so bekannt vorkam, deren Töne ihn nun gänzlich umschlossen. Es war eine sehr einfache Melodie. Ein altes Volkslied? Doch dann glaubte er, ein klassisches Thema darin zu erkennen.

Ja natürlich!

Es waren die ersten Takte von Bedrich Smetanas Komposition ‚Die Moldau‘. Aber es war noch eine andere Komposition, die sich hinter dieser Tonfolge verbarg. Und er fühlte, wie sich etwas in ihm aufbäumte, gegen das, was diese Melodie in ihm wachzurufen versuchte.

Die Töne waren jetzt überall. Strömten auf ihn zu. Drangen in ihn ein. Bis er vollkommen mit ihnen angefüllt war. Und nun erkannte er es deutlich, es waren Klarinettentöne, die ihn umbrausten. Töne, die er vor langer Zeit und dann nie wieder gespielt hatte. Wenn er sich doch nur erinnern könnte, wo ihm diese Melodie begegnet war!

Und wen will diese Melodie erreichen? fragte sich Moses. Wer sollte in dieser menschenverlassenen Senke, inmitten von Ruinen, Klarinette spielen? Es gibt weder Bühne noch Publikum. Niemand der ihren Tönen lauscht.

Außer mir, dachte Moses.

Und jetzt erkannte er die Melodie.

Es war die *haTikwa*, die er in seinen Kindheitstagen hinter sich gelassen zu haben glaubte. Und die ihn nun hier in dieser Einöde ausfindig gemacht hatte.

Die *haTikwa!* Natürlich!

Sie beginnt mit denselben Tönen wie Bedrich Smetanas ‚Moldau‘. Und jetzt begriff Moses. Die Melodie galt ihm. Wer immer sie zwischen den verschneiten Trümmern hier blies, er blies sie für ihn. Für ihn allein.

Immer lauter toste die Melodie an ihn heran. Trug ihn mit sich fort. Weiter und immer weiter zurück in die Vergangenheit.

Bis zu seinem sechsten Geburtstag.

Schon als Kind hatte sich Moses als Außenseiter ge-
fühlt. Statt sich an ihren Spielen zu beteiligen, zog es Moses
in die umliegenden Wälder. Im rhythmischen Raunen der
Blätter erlauschte er ein Zusammenspiel von Klängen, die
er nirgendwo anders wahrzunehmen glaubte. Im Frühling,
wenn die Vögel zurückkehrten und ihre Warnrufe in das
dunkle Murmeln der Wipfel mischten, wurde der Wald für
Moses zum Konzertsaal. Die Stimmen des Waldes weck-
ten eine Sehnsucht in ihm, die er nicht zu benennen
wusste.

Als ihm Onkel Jakob, sein Ziehvater, zu seinem sechsten Geburtstag die Klarinette seines leiblichen Vaters
schenkte, hielt Moses sie lange in seinen Händen. Er ahnte
nicht, was er diesem Instrument später abverlangen würde.
Und sah seinen Ziehvater fragend an.

„Ich habe sie für dich aufbewahrt.“

Onkel Jakob nahm ein Taschentuch aus seiner Hosen-
tasche. Rieb damit behutsam über das dunkle Holz und die
im Lampenlicht blitzenden Klappen der Klarinette. Und
schob Moses sanft aus der Bibliothek in den Flur hinaus.

Schon nach den ersten Unterrichtswochen erkannte
der Ziehvater, dass das Talent seines Vaters auf Moses
übergegangen zu sein schien. Bereits nach einem Monat
fing Moses an, dem Instrument Töne zu entlocken, die den
Ziehvater dazu veranlassten, einen namhaften Lehrer für
seinen Zögling zu suchen.

Doch Moses drängte es in die Wälder.

Stundenlang lag er auf dem moosigen Boden. Legte die
Klarinette neben sich. Und lauschte. Irgendwann führte er
das Instrument an seinen Mund. Und begann in die erlauschten Geräusche hineinzuspielen.

Er improvisierte über die Gesänge der Amseln, die
Schreie der Eichelhäher, das Klopfen der Spechte und die
halligen Rufe des Kuckucks. Variierte das gutturale Bellen
der Rehe und das heisere Husten der Füchse. Umspielte
das Wispern des Windes in den hin und her wogenden
Baumwipfeln. Und blies in das Summen der Bienen.

Auch zu Hause fing er an, die Klänge seiner unmittelbaren Umgebung aufzunehmen. Und mit seiner Klarinette zu interpretieren. Da war vor allem eine Melodie, die sein Ziehvater ständig summte, die sich in Moses einnistete und die er mit immer neuen Variationen anreicherte.

Am dreizehnten März, Moses' siebtem Geburtstag, rief ihn Onkel Jakob zu sich, zog ein zerknittertes Foto aus einer Pappschachtel. Und hielt es Moses vors Gesicht.

„Der dort, der mit dem Spitzbart," sagte Onkel Jakob, „das ist dein Vater. Er hieß wie du, kleiner Moses. Und hinter ihm, siehst du, die Frau mit dem Kopftuch dort, das ist deine Mutter."

Moses ihn mit großen Augen an.

„Aber du und Tante Ruth seid doch meine Eltern."

„Ich bin dein Onkel. Und Ruth ist deine Tante," lachte der Onkel, „dein Onkel und deine Tante können nicht gleichzeitig dein Vater und deine Mutter sein."

Moses beäugte das sepiagetönte Foto.

Alle Frauen hatten Tücher um ihre Köpfe gewickelt. Und alle Männer trugen Spitzbärte. Auch in den Gesichtern konnte Moses keinen Unterschied erkennen. Es sah aus, als hätte der Fotograf immer die gleiche Frau und den gleichen Mann, aneinandergereiht, auf das Foto kopiert. Und alle stierten erschrocken auf etwas, das Moses verborgen blieb.

Welche dieser gleich aussehenden Frauen war nun seine angebliche Mutter? Und welcher der Spitzbärte war sein Vater?

Um seinen Ziehvater nicht zu enttäuschen, tat er, als studiere er ausführlich die Einheitsgesichter, die aus dem Foto heraus durch ihn hindurchschauten. Betrachtete die Köpfe. Verkroch sich dann in Onkel Jakobs Bibliothek. Und fing an die Melodie zu blasen, die der Onkel tagaus tagein vor sich hin summte. Bis eines Tages die Flügeltüren aufgestoßen wurden, und seine Zieheltern ihn mit weit aufgerissenen Augen anstarrten.

„Schau ihn dir an, Frau! Den Knirps. Hast du schon jemals jemanden so unsere *haTikwa* blasen hören?"

Der Ziehvater kam auf ihn zu, beugte sich zu Moses hinunter und legte seine Hand unter sein Kinn.

Onkel Jakob hielt Moses' Kopf mit seinen großen knochigen Händen minutenlang umschlossen. In den Pupillen des Onkels schimmerte etwas, das Moses in Tiefen schauen ließ, die ihn in sich hineinzogen. Und wie auf ein geheimes Kommando, fing der Onkel nun wieder zu summen an. Und die Hände, die Moses' Gesicht immer noch umschlossen hielten, zitterten so sehr, dass sein Kopf hin und her geschüttelt wurde.

„Immerhin ist uns der Junge geblieben," murmelte der Onkel vor sich hin.

„Ja, immerhin," antwortete die Tante, legte ihre rechte Hand auf den Talmud, der auf einer kleinen Kommode im Flur thronte.

„Zum Guten," fügte sie hinzu.

„Ja, zum Guten," sagte der Onkel und schlurfte auf die Flügeltüren seiner Bibliothek zu.

Die Worte dieses ihm unverständlichen Zwiegesprächs, die sein kurzer musikalischer Auftritt ausgelöst hatten, brannten sich in Moses ein. Wie geheimnisvolle Runen einer vor Urzeiten erloschenen Sprache.

Wenn der Onkel nicht sein Vater und Tante Ruth nicht seine Mutter war, dachte Moses, wer waren dann seine Eltern? Er glaubte nicht, dass eine der gleichaussehenden Kopftuchfrauen seine Mutter war. Und einer der Spitzbärte sein Vater. Und da er auch nichts von irgendwelchen Schwestern oder Brüdern wusste, entschied Moses, dass er als Meteorit aus irgendeiner fernliegenden Galaxie auf diesen Planeten gefallen sein musste. Und einer Welt entstammte, die anderen Gesetzmäßigkeiten gehorchte. Und er wies die Behauptung, dass jeder Mensch eine Mutter und einen Vater haben müsse, als für ihn unzutreffend von sich.

Dass er weiterhin die sogenannte *haTikwa* blies und sie mit seinen Improvisationen variierte, diente Moses jetzt nur noch als Täuschungsmanöver, mit dem er sich den Erwachsenen anbiederte, um vor lästigen Fragen verschont zu bleiben. Bis er eines Tages erfuhr, dass dieser „Ohrwurm", den Onkel Jakob tagaus und tagein summte, der musikalische Ausdruck der Hoffnung eines ganzen Volkes geworden war. Die Nationalhymne Israels.

Von diesem Tag an hörte Moses auf, die *haTikwa* zu blasen. So sehr ihn sein Ziehvater auch ermunterte, ihn doch weiterhin mit seinen verblüffenden Variationen zu erfreuen.

„Ich bin nicht wie ihr, Onkel. Ich bin keiner von euch," sagte Moses, als der Onkel ihn weiter drängte, diese Melodie zu spielen.

Der Onkel und wiegte seinen Kopf hin und her.

„Mein lieber Moses Himmelreich, mit diesem Namen wirst du immer einer von uns sein müssen. Er etikettiert dich für den Rest der Welt. Du hast gar keine Wahl, ein anderer zu sein."

Moses sah erschrocken auf, als plötzlich ein runzeliges, in ein schwarzes Kopftuch gehülltes Gesicht, vor ihm auftauchte. Und bekümmert auf ihn herabschaute.

Judith? War sein erster Gedanke?

Wie konnte sie in einer einzigen Nacht so gealtert sein? Einzige Nacht? Wie komme ich auf eine einzige Nacht? Und auf einmal hatte er das Gefühl, sein ganzes Leben verschlafen zu haben? Wahrscheinlich war auch er inzwischen uralt geworden.

Er suchte nach seinen Händen, um sein Gesicht abzutasten. Und konnte sie nicht finden. Er wollte schreien. Doch es gab auch keine Stimme in ihm. Wo war sein Körper? War er schon jenseits der Grenze, die Seele und Körper trennt? Wer aber sah dieses faltige Gesicht, wenn nicht seine Augen? Nein, es war nicht Judith! Aber warum kam ihm dieses Gesicht so vertraut vor?

Moses suchte nach Zusammenhängen. Fand keine. Bilder wischten an ihm vorbei und verloren sich in einem strudelnden Trichter. Er spürte den Zwang, sich an etwas erinnern zu müssen.

Schwarze Punkte blitzten ihm aus dem bekannten Gesicht entgegen. Verkrochen sich dann wieder in ihren Höhlen.

Und nun spürte Moses auch seinen Körper wieder. Kalt und heiß gleichzeitig. Eine Stimme sprach auf ihn ein. Vergeblich versuchte er seine verklebten Lider zu heben. Als er seinen Mund öffnete, legte sich eine raue Hand auf seine brennenden Lippen.

„Signore, Signore, *stia calmo! Stia calmo! Sono io, la vedova* Delfina. Beruhigen sie sich doch, Signore. Ich bin's, die Witwe Delfina. Erinnern Sie sich denn nicht mehr an mich?"

7.

Signora Delfina pflegte Moses wie ihren Sohn. Den sie nie hatte. Irgendwann senkte sich das Fieber. Und er erkannte das rauchige Wohnzimmer der Witwe wieder. Warum er jedoch hier lag und ob er in seinem früheren Leben jemals woanders gewesen war, blieb hinter einer dichten Nebelwand verborgen.

Erst nach und nach begann er wieder Zusammenhänge zu erkennen.

Er erinnerte sich, wie er hierher geraten war, und dass er im Glauben, der Winter sei zu Ende, von hier aufgebrochen war. Er erinnerte sich an Konzerte. An Applaus. Da gab es eine Klarinette. Ja, er selbst war es, der das Instrument spielte. Dann verschwanden die Bilder wieder. Fielen aus ihren Zusammenhängen. Neue tauchten auf. Zunächst noch verschwommen. Dann immer deutlicher.

Und jetzt sah er Judith. Die in federnden Schritten, wie in Zeitlupe, auf ihn zukam. Niklas und Samuel gingen im gleichen Tempo hinter ihr her.

Moses stemmte sich hoch. Versuchte nach ihnen zu greifen. Eine knochige Hand drückte ihn in die Kissen zurück.

„*Stia tranquillo! Si calmi,* Signore! Schlafen Sie! Der Schlaf wird Sie wieder gesundmachen."

Ein Jäger habe ihn gefunden, sagte die Witwe, als er nach einer Zeit, die ihm unendlich lang erschien, wieder erwachte.

Obwohl die Jagdsaison längst vorbei war, habe der Jäger um die Ruinen des ehemaligen Dörfchens herumgelungert. Um unerlaubt Wildschweinen aufzulauern.

„Ruinen?" stieß Moses mühsam hervor.

Und dann fiel es ihm wieder ein.

Jemand hat die *haTikwa* geblasen. Mitten in der Wildnis.

Wie durch ein Wunder sei der Jäger über Moses' völlig zugeschneiten Körper gestolpert, sagte die Witwe. Nachdem er überprüft habe, ob noch Leben in ihm sei, habe er ihn zu seinem Jeep getragen und nach *Logaiolo* gebracht. Der Arzt habe eine schwere Lungenentzündung und Erfrierungen festgestellt. Und ihr die gewissenhafte Pflege ihres leichtsinnigen Untermieters aufgetragen.

Moses versuchte, die über ihn geschichteten Wolldecken von sich abzuschütteln. Vergeblich. Wie eine zentnerschwere Bleiplatte drückten sie auf seinen Brustkorb.

Er stieß glucksende Laute aus. Und weil es wie Kichern klang, fragte die Witwe, was er so komisch finde. Ohne diesen Jäger wäre er wohl erfroren.

Wieder gluckste es aus Moses heraus.

Schließlich gelang es ihm, seinen Kopf hin und her zu bewegen. Worauf Signora Delfina sein Gesicht tätschelte und die Decken noch fester um seinen Körper schlang.

Als Moses nach seiner Gesundung fragte, ob er dem Jäger ein Geschenk bringen dürfe, entrüstete sich die Witwe.

„Ein Geschenk? Einem Wilderer? Einem Wilderer schenkt man nichts."

„Ein Wilderer?" fragte Moses irritiert, „ich dachte er sei ein Jäger?"

„Ja, sie nennen sich Jäger. Und sind Wilderer."

Schon sein Vater und sein Großvater seien Wilderer gewesen.

„Das Leben hier oben in den Bergen ist hart," fügte die Witwe hinzu, „es ist nicht klug, auf die Geschenke zu verzichten, die der Wald einem bietet."

Moses lachte.

Eine ganze Sippe von Wilderern?

„Hier oben in euren Bergen scheint Wilderer ein Beruf zu sein."

„Sie kommen zu uns in die Berge, Signore. Und verstehen nichts von uns und unserem Leben hier oben. Und bringen auch noch ihr eigenes Leben in Gefahr. Ja., der Mann, der Ihnen das Leben gerettet hat ist ein Wilderer. Aber ernährt seine ganze Familie mit seinem widerrechtlichen Tun. So, wie es schon sein Vater und der Vater seines Vaters und dessen Vater gemacht haben."

Sie warf Moses einen strengen Blick zu.

„Ich rate Ihnen, sich auf Ihrer weiteren Wanderung vorzusehen. In diesem Teil der Apenninen wimmelt es von Jägern und sogenannten Jägern, die mit Gewehren durch die Wälder streunen. Nicht alle von ihnen überprüfen vorher, ob es ein Reh, ein Hase oder ein Wildschwein ist, das sich im Unterholz bewegt."

Sie drehte sich brüsk um. Und stapfte aus dem Zimmer.

Moses blieb noch mehrere Wochen bei der Witwe Delfina. Wartete ungeduldig darauf, seine Suche nach den ersehnten Tönen fortsetzen zu können. Aber er fühlte sich zu schwach, um sich neuerlich auf den Weg zu machen. Von dem er nicht wusste, wohin er ihn führen würde.

An einem feuchtheißen Junitag entschied er sich schließlich, seine Reise wieder aufzunehmen.

„Es ist schon Sommer," sagte er zu sich selbst, „wie lange will ich noch warten?"

Als er der Witwe mitteilte, dass er seine unterbrochene Suche nun fortsetzen wollte, warf sie ihm einen Blick zu, den er nicht zu deuten wusste.

„Sie sollten wissen, dass die Signorina während Ihrer Bettlägerigkeit mehrere Male hier vorbeigeschaut hat," sagte sie vorwurfsvoll.

„*Quale Signorina*, welche *Signorina*?"

„*Quale Signorina, quale Signorina!* Wie viele Signorinas haben Sie denn hier kennengelernt, Signore?" echote die Witwe, „*die* Signorina!"

„Ah ja?" sagte Moses vage.

Die Witwe schüttelte den Kopf.

„*Quest'uomo ha mani che servono a far niente e non capisce nemmeno le cose più semplici della vita,* dieser Mann hat nicht nur unbrauchbare Hände, er versteht auch nicht die einfachsten Dinge des Lebens!"

Dann schob sie ihn sanft von der sonnenbeschienenen Hauswand auf die Straße zu. Moses hatte schon die Straßenmitte erreicht, da spürte er plötzlich Hände auf seinen Schultern.

Signora Delfina sah ihn schweigend an. Streckte ihren Hals vor. Küsste ihn links und rechts auf die Wangen. Wendete sich dann jäh von ihm ab. Und verschwand in ihrer Wohnung.

Beim Postamt zögerte Moses.

Die Worte der Witwe hallten noch in seinen Ohren nach, als er auf einem blank polierten Messingschild die vier quadratisch angeordneten Klingelknöpfe betrachtete. Die Druckflächen der Knöpfe waren unterschiedlich abgewetzt. Einer von ihnen leuchtete. Als würde er täglich poliert. Oder nie gedrückt.

Was mache ich hier? Ich kenne ja nicht einmal ihren Namen.

Er stand noch eine Weile vor der Eingangstür. Studierte die Namen auf den Klingelknöpfen. Gestand sich schließlich ein, dass er nicht klingeln würde, selbst wenn er ihren Namen wüsste.

Mag sein, seufzte er, dass für manche manches einfach ist. Für mich ist es das nicht.

Und er ging mit eiligen Schritten weiter.

Er hatte die letzten Häuser von *Logaiolo* hinter sich gelassen, da hörte er sie aus der Ferne rufen.

„Signooore!"

Sie holte rasch auf und schüttelte ihre Haare.

„Wollten Sie zu mir?"

Ihr Atem berührte seine Haut.

„Ich war unter der Dusche. Sah gerade noch, wie Sie weggingen."

Sie wühlte in ihren Haaren. Es gelang ihr offenbar nicht, sie in die gewünschte Form zu bringen.

Moses sah sich mit hängenden Armen vor ihr stehen.

Sie deutete auf Moses' Rucksack.

„Sie verlassen uns?"

Moses wich ihrem Blick aus.

Als er schließlich den Mund öffnete und ein „*Sì*" zwischen ihnen schwebte, wussten sie beide nicht, aus wem es herauskam und zu welcher Frage es gehörte.

„Kommen Sie, ich mach' Ihnen noch einen *caffè*, bevor Sie..."

„Danke. Ich möchte, ich muss..."

Sie sah auf seinen Mund und wartete, dass er seinen Satz vollendete.

„Nicht einmal für einen klitzekleinen *caffè* reicht Ihre Zeit?"

Moses spürte, wie das Blut in seinen Kopf stieg. Er wandte sich ab. Sie ging einmal um ihn herum. Ihre Blicke begegneten sich. Und wieder sah er in ihren Augen, was er auch in sich selbst spürte. Und was er nicht zulassen wollte.

„Ich freue mich, dass Sie noch einmal bei mir vorbeigekommen sind."

Sie trippelte um ihn herum.

„Ich wollte mich bei Ihnen bedanken, Signora."

„Bedanken? Wofür?"

Moses sah auf ihre Haarspitzen.

„Sind Sie denn schon erholt genug für Ihre Reise?"

„Es geht mir gut."

„Sind Sie sicher? Sie waren sehr krank."

„Ja", sagte Moses, „Signora Delfina hat mir ausgerichtet, dass Sie sich nach mir erkundigt haben. Danke!"

„Sie bedanken sich zu viel, Signore."

„Ja, vielleicht haben Sie recht."

„Ich weiß, es geht mich nichts an. Aber was suchen Sie in diesen Bergen? Delfina sagte etwas von Tönen. Sind Sie Musiker, Signore?"

„Ja, Töne," sagte Moses und beobachtete die vor ihm liegenden Bergkämme.

„Ich liebe Musik," sagte die Frau und bewegte sich auf ihn zu, „sie sagt, was wir mit Worten nicht sagen können."

Ihr dünner Sommerrock hüpfte um ihre Beine.

Sie war jetzt so nah, dass er die Wärme ihrer Haut fühlte.

„Ich musiziere nicht mehr," sagte Moses hölzern.

„Oh! Das ist schade. Vielleicht fangen Sie ja wieder an, wenn Sie die Töne gefunden haben, die Sie suchen?" lachte sie und bewegte sich weiter um ihn herum.

Als Moses nicht in ihr Lachen einstimmte, hielt sie inne.

„Es tut mir leid."

„Dass ich in der Wildnis nach Tönen suche, die ich vermutlich nicht finden werde?"

Nun fand auch sie keine Worte mehr. Sie wussten beide, dass es weder Töne noch Worte waren, in denen sie sich zu begegnen wünschten.

„Ich will Sie nicht länger aufhalten," sagte sie schließlich.

„Also dann..." sagte Moses und rührte sich nicht von der Stelle.

„Ich bin sicher, Sie werden sie finden?"

„*Come? Chi?* Wie bitte? Wen?" stammelte Moses verwirrt.

„Die Töne, die Sie suchen, Signore? Dort oben in den Bergen?"

Moses versuchte, Spott aus ihren Worten herauszuhören. Aber er erlauschte nur ihren Atem. Und die Betriebsamkeit des Ortes. Die aus der Ferne auf sie zu rauschte.

Er hob die Schultern.

„Wie kann ich das wissen?"

„Ja, wie können Sie das wissen."

Moses machte einen Schritt. Und dann noch einen. Und noch einen.

„Ich wünsche Ihnen viel Glück," sagte die Stimme, von der er sich entfernte.

Moses meinte noch etwas anderes in ihren Worten zu hören.

„Ja, Glück," hörte er sich sagen. Und spürte, wie das Wort in Bedeutungslosigkeit zerrann. Während sich sein Brustkorb verengte.

Wie lange hatte er die Stimme seines Körpers nicht mehr vernommen?

Mit zögerlichen Schritten ging er weiter. Als erwartete er, dass sie ihn nochmal zurückrief. Erst als er die ersten Bäume erreicht hatte, drehte er sich noch einmal um. Sie stand noch immer an der Stelle, an der er sie verlassen hatte. Riesengroß erhob sich die Stadtmauer über ihrer bewegungslosen Gestalt.

Dann winkte sie.

Moses nickte.

Er wusste, sie würde sein Nicken auf diese Entfernung nicht erkennen. Trotzdem nickte er weiter. Doch es gelang ihm nicht, zurückzuwinken. Seine Arme hingen kraftlos an ihm herab.

Als sie sich schließlich zu bewegen begann, wartete er, bis sie am Tor der Stadtmauer angekommen war. Und der Ort sie in sich aufnahm, in dem er einen langen kalten Winter mit einer alten Witwe vor dem Kamin verbracht hatte.

8.

Auch diesmal hielt sich Moses nicht an Wanderwege.

Er hatte keine Vorstellung davon, wo er am Abend sein würde, wenn er morgens aufbrach. Er ließ sich von seinen Füßen führen. Wenn sie aufbegehrten, legte er eine kurze Rast ein. Doch schon bald trieb ihn das Flüstern der Wälder weiter, immer tiefer in sie hinein.

Stundenlang wanderte er über sanfte Hügelkämme. Die plötzlich an schroffen Felsabbrüchen endeten. Und ihn zur Umkehr zwangen. Doch jetzt, im sommerlichen Licht, offenbarte sich ihm diese zerklüftete Bergwelt, die ihm bei Beginn seiner Wanderung so feindlich begegnet war, als eine Landschaft von wilder Schönheit.

Während auf den Hochplateaus nur Nadelgehölz und Macchia wuchsen, begegnete er in den Tälern einem Meer von Blüten, die ihn mit den unterschiedlichsten Gerüchen betörten. Er tastete sich über rutschige Geröllfelder. Kroch an engen Steilkanten entlang, unter denen in schwindelerregender Tiefe Bachläufe plätscherten. Er zwängte sich unter bedrohlichen Überhängen durch enge Schluchten. Überquerte auf blank gewaschenen Kieseln Furten, die über herabstürzende Wasser führten. Begleitet vom Piepsen, Gurren, Pfeifen und Flöten unzähliger Vögel, die sich zum gemeinsamen Konzert in den Wäldern versammelt hatten.

Die Landschaft nahm ihn auf. Mit ihren Gerüchen und Gesängen. Doch das genügte ihm nicht. Und Moses war traurig, dass es ihm nicht genügte.

Die Sehnsucht nach den tief in ihn eingedrungenen Tönen drängte ihn weiter durch die unwegsamen Wälder. Als habe er den Ort bereits vor Augen, an dem sich seine Sehnsucht erfüllen würde.

Auf seiner Wanderung stieß Moses auf allerlei Aussteiger. Die sich in die Wildnis der Berge zurückgezogen hatten. Vielleicht, weil sie hofften, hier zu finden, was sie in sich verloren hatten. Oder in der Welt da draußen nicht mehr vorfanden.

Moses begegnete ihnen in den abgelegensten Winkeln. Wo er nur noch Füchse, Stachelschweine und Wildschweine vermutet hatte.

Die meisten reagierten abweisend, wenn er sie in ihren Verstecken aufspürte. Und sie in ihren kärglichen Hütten um Nachtquartier bat. Als befürchteten sie, der Damm, hinter dem sie sich verschanzt hatten, würde durch seine Gegenwart wieder einbrechen. Und ihnen die Welt zurückbringen, der sie entflohen waren.

Es gab auch jene, die meinten, in der Gestalt dieses merkwürdigen Wanderers würde sich die von ihnen herbeigesehnte und längst überfällige Erleuchtung offenbaren. Und als Moses am nächsten Morgen aufbrach, sah er die Enttäuschung in ihren Gesichtern. Und es schien ihm, als ließe er Schiffbrüchige auf einer einsamen Insel zurück.

Es waren vor allem Männer, die sich in diesen entlegenen Bergen eingenistet hatten. Alle hatten sie Bärte, rochen nach Knoblauch und saurem Wein. Und als sei dies die für den Erleuchtungsweg vorgeschriebene Bekleidung, trugen sie ausgebeulte Cordhosen, lappige Flanellhemden und löcherige Pullover. Die um ihre ausgemergelten Körper schlotterten. Offenbar glaubten sie, dass der Verfall ihrer äußeren Erscheinung ihre Suche nach mehr Innerlichkeit begünstigte. Doch dann erinnerte sich Moses, dass auch er auf der Suche war. Und ziellos durch die Wälder streifte. Und er wandte sich beschämt von seinen abwertenden Gedanken ab.

Immer öfter endeten Pfade in undurchdringlichem Gebüsch. Bis er schließlich eine Schneise entdeckte, die einen Pfad freigab, der ins Tal hinabzuführen schien. Doch auch dieser Pfad endete in mit Brombeeren umrankten Ginsterbüschen, die ein weiteres Vordringen unmöglich machten.

Die Sonne war schon hinter die Bergrücken getaucht. Moses musste wieder umkehren, bevor es dunkel wurde.

Auf dem Rückweg sah er eine Lichtung durch die Büsche schimmern, die ihm zuvor nicht aufgefallen war. Unzählige hufartige Spuren führten zu einem kleinen Tümpel. Die Hufe waren tief in den lehmigen Boden eingedrungen.

Die Vorstellung, hier die Nacht verbringen zu müssen, ließ Moses schaudern.

Graues Dämmerlicht nahm den Pflanzen ihre Farben. Moses bohrte seinen Blick durch das Dickicht. Sah beunruhigt zu den immer schwärzer werdenden Bergrücken hoch, die die Senke umschlossen.

Ein Knall in seiner unmittelbaren Nähe ließ ihn erschrocken beiseite springen. Dumpf rollte das Echo von den Hängen auf ihn zu. Ein zweiter Knall ertönte. Nun direkt hinter ihm.

Moses warf sich auf den Boden. Krallte seine Finger in trockenes Laub. Hielt den Atem an. Presste sein Gesicht in krisseliges Blattwerk und zerstampfte Zweige. Und wartete.

Ironie des Schicksals, ging es ihm durch den Kopf.

Einem Wilderer verdanke ich mein Leben, ein Wilderer versucht es mir wieder zu nehmen. Doch noch ehe er rufen konnte, um dem von der Witwe Delfina vorausgesagten Schicksal zu entgehen, brach ein borstiges Ungeheuer durch das dschungelartige Dickicht.

Moses presste seinen Körper in den Schlamm. Schielte über den Waldboden.

Das Ungeheuer hielt inne. Schnaubte. Plierte ihn mit zornigen Äuglein an. Schnaubte noch einmal. Rammte seine bedrohlichen Hauer in den Waldboden. Galoppierte grunzend einmal um ihn herum. Rumpelte dann durchs Unterholz davon.

Der Waldboden dröhnte unter den Hufen.

Moses richtete sich auf. Schaute an sich herunter. Klopfte Blätter und Reisig von Jacke und Hose. Er bebte am ganzen Körper. Als dicht hinter ihm ein dürrer Zweig knackte, warf er sich neuerlich in den Schlamm.

„*I maschi non sono pericolosi. Sono le femmine che attaccano,*" tönte es durch die Büsche.

Wildschweine sprechen nicht, versuchte sich Moses zu beruhigen. Auch nicht in Italien. Er drehte seinen Kopf in die Richtung, aus der er die Stimme vernommen hatte.

Vor ihm stand ein hochgewachsener, bartloser Mann in gepflegter Jägeruniform.

„Die Keiler sind harmlos," erklärte der Mann sachlich, „nur die Muttersauen müssen Sie fürchten. Vor allem, wenn sie Junge haben."

Moses, schüttelte Laubkrümel aus seinen Haaren und rieb sich die schlammige Erde von den Händen.

„Haben sie denn gerade Junge?"

„Sie haben," sagte der Mann.

„Oh! Dann habe ich ja Glück gehabt."

„Es war ein Keiler."

Moses hörte den Spott in seiner Stimme. Aber er freute sich, einem menschlichen Wesen zu begegnen.

„Und auf Keiler schießen Sie offenbar nicht. Oder wollten Sie erst warten, bis mich die Bestie zertrampelt hat?"

„Sie lagen zu sehr in der Schusslinie," sagte der Mann, „ich bin ein miserabler Schütze."

„Dann sollte ich wohl froh sein, dass Sie nicht noch einmal geschossen haben. Schmecken denn solche ausgewachsenen Viecher überhaupt noch?"

„*Per carità!* Gott bewahre! Mit diesem Gewehr würde ich mich nicht an ein Wildschwein heranwagen. Nein, nein, ich habe einem Hasen hinterher geschossen. Vielleicht war es auch ein Eichhörnchen. Wie gesagt, ich bin ein miserabler

Schütze. Den Keiler muss ich dabei wohl aufgeschreckt haben."

Die Jägeruniform passte nicht zu seinen Aussagen.

„Ich will mich nicht in Ihr Leben einmischen, aber vielleicht würde Ihnen eine Brille künftig Klarheit darüber verschaffen, was sie gerade vor Ihrer Flinte haben?"

Der Mann zögerte, und Moses befürchtete schon, zu weit gegangen zu sein. Doch dann sagte der Mann mit der gleichen sachlichen Stimme:

„Ach wissen Sie, ich will die Tiere gar nicht erschießen. Ob nun Wildschwein, Hase oder Eichhörnchen. Wir essen kein Fleisch."

„Dann läuft also dort hinten gar nicht Ihr potentielles Mittagessen?"

„Im Gegenteil. Die Viecher verwüsten unseren Garten. Sie bedienen sich sozusagen an unserem Mittagessen."

Schweigen.

„Ich habe gehört, Wildschweine seien nachtaktiv. Tagsüber schlafen sie," sagte Moses nach einer Weile.

„In der Regel, ja."

Der Mann ließ seinen Blick an Moses heruntergleiten.

„In der Regel verirren sich aber auch keine Wanderer in diese Einöde. Wie Sie sehen, kümmert sich heutzutage keiner mehr um Regeln."

„Und Sie?" versuchte Moses das Gespräch aufrechtzuerhalten, „wo ist Ihr Platz in diesem regelwidrigen Treiben?"

„Ich gehöre hierher. Wie die Wildschweine. Aber Sie, Signore? Was machen Sie, wenn Sie nicht gerade von Wildschweinen oder unfähigen Schützen bedroht werden?"

„Auch ich habe was mit den Wildschweinen gemein," lachte Moses, „ich streune wie sie durch die Wälder."

Der Mann ließ seinen Blick über Moses wandern.

„*Ah si*, und was suchen Sie in den Wäldern, wenn Sie mir die Frage erlauben? Doch nicht etwa Wurzeln und Früchte?"

„Nein. Und ich falle auch nicht in fremde Gärten ein. Ehrlich gesagt, habe ich mich verirrt."

„Das sehe ich. Ich meine, was haben Sie in den Wäldern gesucht, bevor Sie sich verirrt haben?"

Als sei er dieses unergiebigen Wortwechsels plötzlich überdrüssig, wandte sich der Mann jäh um.

„Kommen Sie! Hier unten wird es gleich dunkel. Dann kommen auch die Muttersauen mit ihren Jungen an die Tränke. Wenn diese Sie verschonen, werden die Mücken Sie auffressen. Wir können unsere Unterhaltung im Haus weiterführen."

Moses sah nur knorrige Bäume und stacheliges Gestrüpp.

„Haus?" sagte er verblüfft.

Der Mann hatte den Tümpel bereits umrundet. Und Moses beeilte sich, hinter ihm her zu kommen. Myriaden von Insekten summten über der brackigen Wasseroberfläche. Erst als sie den Rand der Lichtung erreichten, sah Moses die flackernde Laterne, die über einer niedrigen Holztür baumelte. Der Wald drängte sich nahe an das Haus heran. Durch das dichte Geäst war eine mit vertrocknetem Moos überzogene Mauer zu erkennen.

„Sie wohnen doch nicht etwa hier?" fragte Moses.

Der Mann grunzte. Und als wollte er seine Zugehörigkeit zu den Wildschweinen unterstreichen, grunzte er noch einmal.

Sie waren jetzt an der Eingangstür angekommen. Die Laterne stank nach Petroleum und warf unstetes Licht auf ihre Gesichter.

„Wo sonst kann man dem Krach und der Betriebsamkeit der Menschenwelt entkommen?" raunzte der Mann.

Doch kaum hatten sie das Innere der Hütte betreten, veränderte sich sein Verhalten.

„Sie haben doch sicher Hunger?" sagte er freundlich.

Vor ihnen weitete sich ein großer Raum. Wie in allen Häusern, die Moses auf seiner Wanderung betreten hatte, beherrschte auch hier eine ausladende Feuerstelle den Wohnraum. Ein an drei Wandseiten entlanglaufendes Brett diente als Ablage für Küchengerätschaften. In der Mitte stand ein roh gezimmerter klobiger Tisch. Darüber hing eine Kerosinlampe. Im schummrigen Licht erkannte Moses fünf Frauen unterschiedlichen Alters. Sie saßen, wie auf einem alten Gemälde, auf hochlehnigen Stühlen. Ihre Hände lagen sittsam auf der Tischplatte. Alle fünf schauten gleichzeitig von ihren Tellern hoch. Es war so still, dass Moses den Holzwurm in den trockenen Scheiten knarzen hörte.

Als würden sie sich der Peinlichkeit ihres Starrens bewusst, brachen alle fünf in Gelächter aus.

„Cinzia, leg noch ein Gedeck auf für Signore...!"

„Himmelreich. Moses Himmelreich."

„*Benvenuto*, Signor," sagte die Frau und zögerte, „Immel-raik?"

„Hhh," hauchte Moses, „wie Hotel! Hhhimmelreich."

„Chimmelreik, *va bene così?*"

Der Mann schüttelte den Kopf.

„*Non ancora, vero?* Noch immer nicht so ganz, nicht wahr?" Er lachte. „Uns Italienern fällt es schwer, das ‚aca', das ‚h' auszusprechen. Da Sie ausgezeichnet italienisch sprechen, müssten Sie das ja wissen. Dürfen wir Sie einfach Mose nennen?"

Ohne Moses' Antwort abzuwarten, fügte er hinzu:

„Ich bin Guido. Das sind meine Frau Cinzia, und meine vier Töchter. Auch sie heißen Cinzia, das macht es mir einfacher, ihre Namen zu merken."

„*Prego?* Wie bitte?" sagte Moses.

„*Fa la finita,* Guido! Hör auf damit!" sagte seine Frau lachend. Und stellte einen Krug Rotwein auf den Tisch, „Guido kokettiert wieder mal mit seinem phänomenal schlechten Namensgedächtnis. Um nicht zugeben zu müssen, dass er keine Notwendigkeit für Differenzierungen sieht. Und dass alle Frauen für ihn gleich sind. Ja, ja, lachen

Sie nur! Mein Mann mimt gerne den Prototyp eines italienischen Machos."

Die Mädchen prusteten.

„Mit durchschlagendem Erfolg, wie ich sehe," sagte Guido.

„Ihrem Namen nach zu schließen sind Sie Jude? Deutscher?" fragte die Frau übergangslos.

Die richtige Reihenfolge, dachte Moses. In ihrer schicksalshaften Verkettung.

Eine der Töchter brachte eine dampfende Schüssel *Spaghetti al Pesto* auf den Tisch.

„Setzen Sie sich doch, Mose! Sie sind sicher hungrig."

Erst als Guido sein Besteck aufhob, begannen alle zu essen.

Während des gesamten Abendessens fiel kein einziges Wort mehr. Kaum hatte Guido seinen Teller mit einem Stück Weißbrot gründlich ausgetunkt, erhoben sich die Mädchen und trugen das Geschirr zu einer granitenen Spüle, die Moses im Halbdunkel nicht wahrgenommen hatte.

„Lasst doch die Teller, Kinder! Das mach ich nachher schon. Wir wollen uns noch ein wenig mit unserem Gast zusammensetzen," sagte Guido.

Macho? dachte Moses.

„Kommen Sie, Err Immel..."

„Sagen Sie ruhig Mose zu mir!"

„Ich verstehe," lachte Guido, „Sie ertragen es nicht, wie ich Ihren Namen verunstalte. Setzen Sie sich zu mir an den Kamin. In den Hochtälern hier wird es nachts feucht und kühl. Da kann man auch im Sommer ein Feuerchen vertragen. Sie sind sicher neugierig, warum wir dieses Leben gewählt haben."

Guido blies mit einem dünnen hohlen Eisenstab in die glimmenden Scheite, die nur zögerlich aufflammten. Dann begann er zu erzählen.

Er habe sich mit Cinzia und ihren vier Töchtern vor der Welt versteckt.

„Wie schafft es eine ganze Familie, sich aus der Welt auszuklinken?" fragte Moses.

„Wir haben uns nicht ausgeklinkt, lieber Mose. Wir sind von ihr umgeben. Auch diese Einöde ist ein Teil der Welt. Ich verstecke mich vor ihr. Das ist etwas anderes."

„Ist diese Unterscheidung nicht eher philosophischer Natur?" fragte Moses, und er spürte, wie sich eine Schleuse in ihm öffnete, „ich meine die Welt jenseits dieser Wälder. Die Welt der Abhängigkeiten und Scheinnotwendigkeiten. Die uns in Zwänge einbindet, die wir uns als Freiheit vorgaukeln lassen. Eine Welt, in der wir tun zu können glauben, was wir wollen. Und gar nicht wirklich wollen, was wir tun. Eine Welt, die wir uns selbst geschaffen und über die wir die Kontrolle verloren haben..."

Moses brach erschrocken ab. Wie kam er dazu, diesen fremden Leuten hier einen Vortrag zu halten? Er konnte sich nicht erinnern, wann er das letzte Mal so viel geredet hatte. Die Lust an der Aneinanderreihung von Worten hatte dies alles aus ihm herausgespült, wie Aufgestautes aus einer verstopften Röhre.

„Es tut mir leid," sagte Moses verlegen, „ich war wohl zu lange mit meinen Worten allein."

Die Frau stand auf und stellte sich hinter den Sessel ihres Mannes. Sie war zu elegant gekleidet für diesen der Zivilisation entrückten Ort.

Ihr offenes Lachen belebte den ganzen Raum.

„Machen Sie sich keine Gedanken, Mose! Glauben Sie mir, wir wissen, wie es sich anfühlt, wenn Angestautes aus einem herausbricht, nicht wahr Guido?"

Guido stocherte im Kaminfeuer herum.

„Sicher wollen Sie jetzt auch wissen, wie und wovon wir hier leben?" sagte Guido.

„Nein, eigentlich habe ich nicht daran gedacht," sagte Moses abwehrend.

„Seien Sie nachsichtig mit Guido, Mose! Er hat verlernt, sich zu unterhalten."

„Warum sind Sie so sicher, dass wir hier abgeschieden leben? Wissen Sie, ich bin mal auf einem einsamen, ziemlich unzugänglichen Pfad zu einem Berggipfel aufgestiegen. Als ich oben ankam, war ich verblüfft über die Menschenmenge, die ich dort antraf. Waren die alle vor mir hier heraufgeklettert? Als ich dann auch Autos sah, die um sie herum parkten, sah ich, dass auf der anderen Seite eine bequeme Straße herauführte. Von der ich nichts wusste."

Moses runzelte die Stirn.

„Ich irre seit Stunden durch dieses eingeschlossene Tal. Gäbe es hier irgendwo eine Autostraße, ich hätte sie bemerkt."

„So wie Sie unser Häuschen bemerkt haben?" spottete Guido, „erlauben Sie mir wenigstens zu fragen, wovon Sie leben, während Sie hier durch die Wälder spazieren?".

„Es reicht, Guido!" fauchte seine Frau, in einem Ton, den ihr Moses nicht zugetraut hätte, „wir haben uns hierher zurückgezogen, weil das Leben in Milano unerträglich für uns geworden war. Guido meint es nicht so, wie er es sagt!"

„Natürlich meine ich, was ich sage. Wenn ich auch nicht immer sage, was ich meine. Aber was sage ich denn eigentlich?"

„Du beleidigst unseren Gast. Solltest Du hier in der Wildnis die einfachsten Regeln des Anstands und der Gastfreundschaft vergessen haben?"

„Ich beleidige ihn, wenn ich ihn frage, was er hier in unseren Wäldern sucht, nachdem ich unser ganzes Leben vor ihm ausgebreitet habe?"

„Es sind nicht unsere Wälder, Guido. Das weißt du! Und niemand hat dich darum gebeten, unser Leben vor Herrn - vor Mose auszubreiten."

„Ich bitte um Entschuldigung," sagte Moses enttäuscht, der sich nun auch hier in einen Beziehungsstreit verwickelt sah, „vielleicht sollte ich jetzt besser gehen?"

„Mitten in der Nacht?" erkundigte sich Guido.

„Oh, machen Sie sich um mich keine Sorgen! Ich bringe seit Wochen meine Tage und Nächte hier in den Wäldern zu."

Guido sah überrascht auf. Sein Ton änderte sich plötzlich.

„Und ich hatte sie für einen verirrten Touristen gehalten."

„Bin ich das denn nicht?"

„Was suchen Sie denn so allein in den Wäldern?" platzte eine der Töchter heraus.

Moses erzählte ihnen von seinem Erlebnis im Konzertsaal.

Die Töchter zogen sich Stühle an den Kamin heran. Guido hörte auf zu stochern. Die ganze Familie hörte aufmerksam zu.

„Es muss wunderbar sein, einer Idee zu folgen," seufzte die Frau, als Moses mit seiner Geschichte fertig war.

„Verzeihen Sie mir, wenn ich Sie korrigiere! Es sind Töne, nach denen ich suche. Keine Idee."

„Wie auch immer," lenkte Guido ab, „ Sie sind also Musiker. Und Sie haben sich, wie wir, aus dem Erfolgsleben ausgeklinkt, um bei den Wildschweinen zu hausen."

Er hängte ein hölzernes Lachen an seinen Satz.

Die Töchter schauten in ihre Schöße. Eine Weile war nur das Knistern und Knacken im offenen Kamin zu hören.

Die Mädchen sind zu jung, um nur Wald und Wildschweine um sich herum zu haben, dachte Moses. Dann wanderten seine Gedanken zu seiner eigenen Familie. Zu Judith und seinen beiden Söhnen. Die Wildschweine vermutlich nur aus dem Märchen kannten.

„Und Ihre Frau und Ihre Kinder? Was machen die jetzt ohne sie?"

Wieder war es eine der Töchter, die ihre Neugierde nicht bezähmen wollte.

„Giulia!" ermahnte sie Guido, „Herr Mose ist alt genug, um zu wissen, was er tut."

Bin ich das? fragte sich Moses. Weiß ich, was ich tue?

„Giulia?" fragte Moses nach, „ich dachte, die Töchter heißen alle Cinzia?"

„Seht mal, Kinder!" lachte Guido, „Herr Mose hat ja Sinn für Humor."

Alle lachten.

„Vielleicht wollen Sie uns ja was vorspielen, Herr Mose," sagte eine der Töchter.

„Oh ja," riefen ihre Schwestern und klatschten in die Hände.

„Belästigt unseren Gast nicht mit Euren Fragen," sagte die Frau, „merkt Ihr nicht, dass es ihm unangenehm ist?"

„Nein, nein," sagte Moses tonlos, „es ist nur so, ich habe meine Klarinette bei meinem letzten Konzert auf der Bühne abgelegt. Und bin dann gegangen."

„Dann liegt sie noch dort auf der Bühne?"

Moses verzog seinen Mund zu einem gequälten Lächeln.

„Wohl eher nicht. Die Konzerte gehen auch ohne mich weiter."

Betretenes Schweigen zwängte sich zwischen ihn und die Fragen der Mädchen.

„Guido ist Journalist," nahm die Frau schließlich das Gespräch wieder auf, „auch er ist von seiner Karriereleiter herabgestiegen, wie Sie es vorhin so bildlich formuliert haben. Aber die Zäsur war wohl nicht so drastisch wie die Ihre. Er schreibt immer noch für verschiedene Zeitschriften. Gedichte, kleine Essais, Kommentare, Glossen. Das kann er hier so gut wie in Mailand."

„Vermutlich besser," sagte Moses.

„Glauben Sie ihr kein Wort, Mose! Mit meiner Schreiberei verdiene ich nicht einmal die Pasta, die Sie auf Ihrem Teller hatten. Die Menschen wollen nichts wissen von einem Spinner, der ohne Telefon und ohne Strom in der

Wildnis haust. Was könnte so einer der Welt schon zu sagen haben? Die Wahrheit ist: meine Frau ist steinreich."

„Ja", unterbrach sie ihn lachend und breitete ihre Arme aus, „Steine, überall, wo Sie hinschauen."

„Sie ernährt uns hier alle", fuhr Guido unbeirrt fort, „oder besser gesagt, der Reichtum ihrer Familie. Wir sind ‚Saloneinsiedler', wenn Sie so wollen. Das lässt sich nicht mit Ihrem Ausstieg vergleichen. Ich ziehe den Hut vor Ihnen."

Bin ich ausgestiegen, fragte sich Moses. Und dachte an alle die Aussteiger, die er auf seiner Wanderung getroffen hatte.

Guido und die Töchter schliefen noch, als Moses am nächsten Tag seine Wanderung fortsetzte. Die Frau erklärte ihm, wie er aus diesem Gestrüpp wieder herausfinde und begleitete ihn mit ihren lachenden Augen, bis er im Unterholz zwischen dicht wachsenden Zerreichen und leuchtend gelben Ginsterbüschen untergetaucht war.

9.

Es war bereits Mittag, als Moses die Hügelkuppe erreichte. Er schaute auf eine mit wattigem Dunst angefüllte Talwanne hinunter, umrahmt von sanft abfallenden bewaldeten Hängen. Ein monströser Kirchturm ragte durch den Dunst.

Moses zögerte.

Ein Turm von dieser Größe muss zu einer größeren Ansiedlung gehören. Vielleicht versteckt sich eine Stadt dort unter dem milchigen Nebel, dachte Moses. Eine Stadt, das bedeutet Lärm und Unruhe. Dort würde er die gesuchten Töne nicht finden.

Er ließ seinen Blick schweifen.

Wie oft hatten ihn die perspektivischen Verzerrungen des mediterranen Lichts schon getäuscht. Riesenhaftes entpuppte sich beim Näherkommen als von bescheidener Größe. Entfernt Liegendes lag unerwartet nah. Vielleicht war es ja nur ein kleines Dorf, das sich dort unter dem Dunstschleier versteckte.

Und er wanderte talabwärts weiter.

Schon bald hatte er die Talsohle erreicht. Doch nun ragten wieder bewaldete Hänge vor ihm auf. Und als er den nächsten Kamm erreichte, schien der Kirchturm so groß und so weit entfernt wie zuvor.

Erschöpft setzte er sich auf einen der fauligen Baumstümpfe.

Wie viele Täler muss ich denn noch durchqueren, bis ich diesen Turm endlich erreiche? Der hoffentlich zu einem Ort gehört, in dem ich Rast einlegen kann.

Das herbe Aroma der Mastixsträucher mischte sich mit dem süßlich würzigen Duft der Sonnenröschen. Wo er auch hintrat, was immer er streifte, es kamen stets neue Gerüche dazu. Salbei und Thymian. Zistrosen, Baumheide und Erdbeerbäume. Die Vielfalt und Intensität der Gerüche betäubten seine Sinne. Beim Versuch, einen gelbblühenden Ast beiseite zu biegen, erkannte er ihn zu spät als Stechginster. Er schrie laut auf, als sich die scharfen Stacheln in seine Handfläche bohrten.

Immer wieder entpuppten sich die Pfade als Trampelpfade von Wildschweinen, die an brackigen Wasserstellen oder im unzugänglichen Dickicht endeten. Und ihn erneut zum Umkehren zwangen.

Als es zu dämmern begann, musste er sich eingestehen, dass er die Kirche heute nicht mehr erreichen würde. Und er war froh, als er eine Hütte durch die Bäume lugen sah.

Die Mauern waren, wie früher üblich, ohne Zement, übereinandergeschichtet. Und fensterlos. Moses pochte mehrmals gegen die rostige Blechtür. Da er keine Klinke entdecken konnte, stemmte er sich dagegen, bis sie knirschend nach innen ruckelte.

Die Hütte war verlassen.

Vermutlich diente sie Jägern und Wilderern als Unterschlupf, dachte Moses.

Er befand sich in einem etwa zwanzig Quadratmeter großen Raum. An den Wänden reihten sich übereinander gestapelte weiße Plastikstühle. Der Boden bestand aus unförmigen, zum Teil geplatzten Bruchsteinen, die ebenfalls trocken verlegt waren. Es roch faulig und nach kaltem Rauch. In einer der Ecken gab es eine Feuerstelle, in der verkohlte Holzstücke und unzählige Zigarettenstummel vor sich hin schimmelten.

Kein einladendes Nachtquartier, stellte er fest, aber immerhin war er hier vor Wildschweinen und schießwütigen Wilderern sicher.

Er fand ein paar Kerzen über dem Kaminsims, klemmte sie in eine mit feuchter Erde ausgefüllte Ritze im Steinboden. Breitete seinen Schlafsack aus. Kramte Rotwein, Weißbrot und etwas Schafkäse aus seinem Rucksack.

Alles aus eigener Produktion, hatte Guidos Frau stolz erklärt, als sie ihm diese Wegzehrung zusteckte.

„Weinanbau hier unten in diesem Talkessel?" hatte Moses erstaunt gefragt.

„Guido hat ein Stück Macchia gerodet. Und Platz für ein paar Weinstöcke geschaffen. Der Wein ist etwas herb. Sie haben ihn ja gestern verköstigt. Aber ohne Wein geht es für Guido nicht."

„Was für eine Familie!" seufzte Moses und rückte sich einen der Plastikstühle in die Nähe der Kerze. Und er dachte an seine eigene Familie. Die er verlassen hatte.

Seine Stimmung verfinsterte sich, als er vor die Tür trat.

Quirlige Fallwinde verfingen sich in seinen Haaren. Das eintönige Lied eines Nachtvogels erfüllte ihn mit tiefer Traurigkeit.

Moses lauschte dem stets gleichbleibend glucksenden Pfeifton, der sich alle drei Sekunden wiederholte.

„Das ist ein *chiurlo*, eine Zwergohreneule," hatte ihm Signora Delfina erklärt, „mein *povero* Lorenzo nannte ihn *asiolo.* Ich weiß auch nicht, warum sie dem Vogel in den Bergen einen anderen Namen geben als am Meer unten."

Füchse husteten in das verlorene Pfeifen und Moses fingerte nach einer weiteren Kerze, um die Finsternis zu vertreiben, die ihn umstellte. Als er sie in einen Steinspalt drückte, kroch ein Skorpion heraus, wedelte aufgeregt mit seinem Stachel. Und krabbelte eilig aus dem Lichtkegel, um in einer anderen Ritze Zuflucht zu suchen.

Moses stierte in das flackernde Kerzenlicht.

„Was vermisse ich so sehr, dass ich es hier in dieser Trostlosigkeit suche?" rief er in die leere Hütte.

Und jetzt fielen ihm diese Töne wieder ein. Für die er seine Familie verlassen und seine Karriere aufgegeben hatte.

Er tastete sich an den Wänden entlang und humpelte wieder ins Freie hinaus.

Feuchte Kühle setzte sich auf seiner verschwitzten Haut ab. Der Wind hatte aufgehört. Kein Luftzug bewegte die Blätter der Bäume. Nur die Füchse bellten weiter. Die Eulenrufe drangen aus der Finsternis. Die wie eine schwarze moderige Wand um ihn herumstand.

„Werde ich sie hier in dieser menschenleeren Wildnis finden? Warum haben sie sich mir denn offenbart, wenn sie sich nun nicht mehr hören lassen?" schrie Moses gegen die ihn umgebende Finsternis an. Und warf sich auf den weichen Waldboden.

Teil 2

1.

Die Einwohner von *Chiacchierata* hatten keine Mühe, sich nach ihrem Schweigeentschluss weiter untereinander zu verständigen. Sie waren es gewohnt, ihre Reden mit Gesten auszuschmücken. Um nun auch das auszudrücken, wozu sie vormals Worte benötigten, lernten sie neue Gesten hinzu.

Während sie vorher ihre Gespräche nur mit Armen, Händen und Fingern und Köpfen ausgeschmückt hatten, nahmen sie jetzt auch ihre Bäuche, ihre Nacken, ihre Hüften und Hinterteile zu Hilfe, um auszudrücken, was sie sich sagen wollten. Bis sie schließlich mit ihrem gesamten Körper sprachen.

Chiacchierata lag abseits befahrener Routen, im Grenzgebiet zwischen den emilianischen und den toskanischen Apenninen. Fremde kamen hier kaum vorbei. Und so blieb der durch das Schweigen errungene Dorffrieden weitgehend ungestört.

Verirrte sich doch mal ein Fremder in den entlegenen Bergort und fragte nach dem Weg, schauten sie erschrocken auf seinen Mund, als befürchteten sie, er wolle ihnen die Worte zurückbringen, die sie für immer abgelegt zu haben glaubten. Und sie begannen, von einem Bein aufs andere zu hüpfen. Kreiselten um den Fragenden herum. Und deuteten in alle Richtungen.

Der Fremde, dem statt der gewünschten Auskunft eine ihm unverständliche Pantomime geboten wurde, fürchtete schließlich, in eine Siedlung Schwachsinniger geraten zu sein, stieg eilig in sein Auto, auf sein Motorrad oder Fahrrad. Und beeilte sich, dem Ort zu entkommen.

Etwa ein Jahr hielt die Harmonie in *Chiacchierata* an, die dem Schweigeentschluss ihrer Einwohner entsprungen war. Als habe sie der Geist der Pantomime beseelt, erklärten sie sich ihren Kindern in immer neuen Gebärden. Und auch die Kinder selbst hatten schon bald eine Fülle von

Bewegungsmustern gesammelt, mit denen sie ihre Eltern überraschten und belustigten, auch wenn diesen Gesten nicht immer klare Bedeutungen zugeordnet waren. Wenn ihnen doch mal ein Wort herausrutschte, unterbrachen sie verdutzt ihr Gebärdenspiel. Bemühten sich, das vorlaute Wort in einen unkenntlichen Laut zu verkrüppeln. Schoben es mit vorgehaltenen Handflächen in den Mund dessen zurück, dem es unbedacht entwichen war. Warfen ihm einen vorwurfsvollen Blick zu. Und kringelten sich vor Lachen.

Angespornt durch die Phantasie der Kinder, entwickelte sich auch die Körpersprache der Erwachsenen weiter. Wurde immer virtuoser. Bis sie schließlich auch kniffelige Details und Nuancen wortlose miteinander auszutauschen vermochten.

Fortunato, der schon sein ganzes Leben lang auf Zeichensprache angewiesen war, fühlte sich nun gänzlich in die Dorfgemeinschaft aufgenommen.

Sein Flötenspiel wurde zum Ereignis des Tages.

An den Sommerabenden versammelten sich die Einwohner auf dem Kirchplatz, lange bevor Fortunato mit seiner Flöte erschien. Im Herbst und Winter, oder an regnerischen Tagen, wenn Sturmböen durch *Chiacchierata* peitschten, trafen sie sich in der Kirche, die ihnen Don Graziano überließ, wenn sie im Gegenzug seine Messe regelmäßig und vollzählig besuchten.

Die Gebrechlichen schleppten sich, auf knorrige Stöcke gestützt, durch die steilen Gassen. Wenn sie auch das nicht mehr schafften, holten die Jüngeren sie aus ihren Häusern und schoben sie zum Dorfplatz hoch. Lauschten, was Fortunato ihnen auf seiner Flöte erzählte. Was sie in der früheren Geschwätzigkeit ihrer Worte nicht wahrgenommen hatten.

Danach gingen alle von einer ungekannten Kraft beseelt heimwärts. Öffneten lautlos ihre Türen. Wagten kaum aufzutreten, um die Klänge nicht zu verscheuchen, die in ihren Köpfen noch nachhallten.

Doch nach und nach verflüchtigte sich die Stille, die ihr Schweigeentschluss herbeigeführt hatte. Sie merkten es erst, als sie die Grenze bereits überschritten hatten, hinter der ihre Gebärden wieder zu Sprache geworden waren.

Damit veränderte sich alles.

Die Stille, die sich in ihre Gemüter gesenkt hatte, fing an zu plappern. Und obwohl nach wie vor kein Wort in *Chiacchierata* fiel, schnatterte und schwatzte es in ihren Köpfen. Und um ihre Köpfe herum. Sie spürten die Unruhe, die sich zwischen ihnen ausbreitete. Wussten sie sich aber nicht zu erklären.

Noch trafen sie sich zu Fortunatos Flötenspiel.

Doch es hatte sich zu einem leeren Ritual abgenützt. Sie hörten nicht mehr, was sie vorher in seinen Klängen erlauscht hatten. Spürten die Kraft nicht mehr, die ihnen entströmte. Die Melodien verflüchtigten sich im hektischen Durcheinander ihrer fahrigen Gebärden.

Sie nahmen nicht wahr, dass sie auf einer subtilen Ebene wieder begonnen hatten, was sie in ihrem Schweigeentschluss hinter sich gelassen zu haben glaubten.

Und auch Fortunato spürte, wie die Brücke des Schweigens, die ihn mit den anderen verbunden hatte, unter der Last ihrer ausufernden Gesten allmählich zusammenbrach. *Chiacchierata* schien ihm jetzt lärmender und geschwätziger als je zuvor. Und es fiel keinem der Einwohner auf, als er irgendwann nicht mehr bei den abendlichen Treffen auf der Piazza erschien.

2.

Als Moses, von Insekten und Dornen zerstochen, in der Abendschwüle eine unbefestigte Landstraße erreichte, wich er erschrocken zurück.

Wie der Glockenturm einer riesigen Kathedrale ragte der Kirchturm plötzlich über den Baumwipfeln auf. Viel größer, als er ihn aus der Ferne eingeschätzt hatte, thronte er über den Dächern eines Bergdorfes, das sich inmitten einer Talmulde um eine kuppelartige Anhöhe schmiegte.

Beim Näherkommen spürte er, dass hier etwas anderes nicht zusammenstimmte.

Wie überall, wo sich Menschen angesiedelt haben, lärmte es ihm auch aus diesem Ort entgegen. Schwere Hammerschläge und das aggressive Kreischen von Kettensägen drangen schon von weitem auf ihn ein. Generatoren röhrten. Katzen miauten. Hähne krähten in das Gegacker aufgebrachter Hühner. Und über all dem Tumult schwebte das Sirren der Zikaden, das sich wie ein dämpfender Teppich herabsenkte und alle Geräusche miteinander verband.

Der Ort war, wie die meisten etruskischen Ansiedlungen, von einer Mauer aus großen Bruchsteinen umschlossen. Von hier aus übersah man das gesamte Tal bis zu den umliegenden Hängen hinauf.

Moses trat durch einen schmalen Torbogen auf einen weiträumigen Platz, der zur Hälfte von den ausladenden Zweigen eines uralten Baumes überschattet wurde.

Der Kirchturm stand nun direkt vor ihm.

Moses erschauerte vor den gewaltigen Ausmaßen dieser Kirche, die sich mit ihrer ortsabgewandten Seite an die Befestigungsmauer lehnte. Und zusammen mit den aneinandergebauten Häuserfronten die Piazza umrahmte.

Durch einen weiteren Torbogen gelangte Moses in ein unübersichtliches Gassengewirr.

Wie in allen anderen Orten, die er durchwandert hatte, kippelten auch hier alterslose Männer auf wackeligen Stühlen vor den niedrigen Türen ihrer Häuser. Und wie immer rief er ein lautes „*Buongiorno!*" auf sie zu.

Doch diesmal blieben seine Grußworte unbeantwortet.

Die Männer schienen durch ihn hindurch zu sehen. Als nähmen sie ihn gar nicht wahr. Beunruhigt drang Moses durch die verwinkelten Gassen weiter in den Ort vor.

Aus dem Dunkel einer Werkstatt zischten bläuliche Blitze. Eine Frau im üblichen schwarzen Kittel beugte sich über ihr Balkongeländer und drosch auf einen Teppich ein. Türen wurden zugeschlagen. Immerhin, es gab also auch Frauen.

Fenster öffneten sich quietschend. Es hämmerte und brummte. Und dennoch lag eine beunruhigende Stille über all den Geräuschen.

Etwas Wesentliches fehlte hier.

Etwas, das diesen Ort von allen anderen Orten auf beklemmende Weise unterschied.

Erst als das Sägen der Zikaden abebbte, und das verhaltene Wimmern eines Kindes an sein Ohr drang, wusste Moses plötzlich, was ihn in diesem merkwürdigen Bergdorf verstörte.

Die Abwesenheit menschlicher Stimmen.

Hatte er sich bisher einem Dorf genähert, war ihm schon von weitem der fordernde Ruf nach einem „Gioovanni!" entgegen geklungen. Ein gutturales *„ragazzi, vi prego, fatte la finita!"* Oder ein monotones „Giuuulia, vieni qua!" Aus grottenartigen Werkstätten war ein zorniges *„Dio boia! Dio serpente!"* durch die Gassen gehallt. Und durch die das ganze Jahr über geschlossenen Fensterläden die stereotype Stimme eines Fernsehsprechers.

Das waren stets die ersten Geräusche, die Moses vernahm, wenn er sich nach langen, einsamen Märschen einer menschlichen Siedlung näherte.

Und nun war das unterdrückte Weinen eines Kindes der erste menschliche Laut, der ihm in diesem Dorf begegnete.

Das schmerzerfüllte Wimmern verstärkte das bedrückende Schweigen, das diesen Ort besetzt hielt. Und noch während Moses zum Fenster hochschaute, unschlüssig, ob er diesen Ort nicht lieber verlassen sollte, flaute das Wimmern ab, kippte in ein stoßartiges Schluchzen, um sich unerwartet in sprudelndem Lachen zu befreien.

Um dann zu verstummen.

Die Zikaden unterbrachen ihren zirpenden Gesang. Hämmern, Quietschen, Kreischen und scharrendes Schleifen hin und her gerückter Gegenstände kehrten überdeutlich zu seinen Ohren zurück. Bis die Zikaden neuerlich ihre Beine zu wetzen begannen. Und alle Geräusche mit ihrem ohrenbetäubenden Sirren überlagerten.

Auch als sich Moses einem *alimentari,* einem Lebensmittelladen näherte, war kein Wort zu vernehmen.

Der Krämer packte vor sich aufgehäufte Lebensmittel in knisternde Tüten. Frauen standen um ihn herum und gestikulierten. Während die Krämerin Zahlen in die Addiermaschine hämmerte, flatterten Geldscheine kommentarlos auf den Ladentisch. Münzen wurden hinterhergeworfen, die in immer langsamer werdendem Rhythmus um die Scheine kreiselten. Und schließlich klackend zum Stillstand kamen.

Moses erkundigte sich nach einem *albergo*.

Der Krämer warf seine Arme und Hände um sich. Drehte sich einmal nach links, dann nach rechts. Zeigte mit beiden Händen nach unten. Und scharrte mit den Füßen.

Moses folgte aufmerksam dem facettenreichen Gestenspiel. Dann fragte er den Krämer noch einmal nach dem Weg zu einem *albergo*. Worauf der Krämer seine Verrenkungen wiederholte.

Moses sah sich verwirrt um. Und wandte sich an eine der Frauen. Doch auch diese bedachte ihn nur mit Gesten, deren Sinn sich ihm nicht offenbarte. Bis er plötzlich von einer knochigen Hand gepackt wurde, die ihn treppauf, treppab über steile Stufen zerrte, bis er jede Orientierung verloren hatte.

Erst als der Griff sich um seinen Arm löste, erkannte Moses, dass es eine der schwarzen Krähenfrauen war, die es überall in diesen Bergorten zu geben schien., die ihn hierher geschleift hatte.

Sie standen vor einem herrschaftlichen Bogenportal, das so wenig wie die mächtige Kirche in dieses Dorf passte.

Die Alte stieß einen spitzen Schrei aus. Zwei Fensterläden wurden aufgestoßen. Ein Kopf erschien. Und verschwand sofort wieder.

Moses studierte die abblätternde Farbe, die wohl irgendwann mal karminrot gewesen sein mochte.

Der Portalflügel öffnete sich.

Eine sehr blasse junge Frau lächelte ihm entgegen. Moses konnte ihr Lächeln nicht deuten. Sah sich verlegen nach der Alten um, die ihn hierhergeführt hatte. Sie war verschwunden.

Die blasse Frau winkte ihn heran. Er trat in einen Raum, der wie ein Wohnzimmer aussah. Und Moses befürchtete, dass man ihn im Lebensmittelladen missverstanden hatte.

„*Camere?* " fragte er verunsichert.

Die junge Frau zeigte wortlos in eine dunkle Ecke. Moses folgte ihrem Blick. Konnte dort nichts erkennen. Blieb ratlos in der Tür stehen. Erst als sich seine Augen an die Dunkelheit des Raums gewöhnt hatten, erkannte er ein Schlüsselbrett. An jedem Haken hing ein Schlüssel.

Die junge Frau breitete die Arme aus. Und lächelte.

Freie Auswahl, glaubte Moses zu verstehen.

Als er nun seinerseits versuchte, sich mit Gesten nach dem Zimmerpreis zu erkundigen, zeigte die Frau mit beiden Zeigefingern auf ihre Ohren.

Moses verstand. Sie sprach nicht, aber sie hörte.

Sie ließ ihre Hände kreisen. Und Moses betrachtete die wippenden Drehungen ihres Körpers. Dann reichte sie ihm einen Schlüssel. Hob ihren Zeigefinger und Mittelfinger in Richtung Treppe, die direkt vom Wohnzimmer aus nach oben führte.

„*Secondo piano?* Zweite Etage?" fragte Moses.

Sie lächelte.

Auf der obersten Stufe drehte sich Moses noch einmal um.

Die junge blasse Frau lächelte immer noch.

Als Moses das Zimmer betrat, die Fenster öffnete und die Läden aufschob, kroch die unheimliche Stille, die auf den Dächern dieses Bergortes lastete, in das Pensionszimmer. Und breitete sich darin aus.

Am nächsten Morgen traf Moses auf kleine Grüppchen, die auf der Piazza beieinanderstanden. Und mit Armen und Beinen ruderten. Schwarz gekleidete Frauen hampelten mit schwingenden Röcken und flatternden Kopftüchern um die Männer herum, wie Hexen um ein imaginäres Feuer. Und vor dem Torbogen, der in den Ort hineinführte, tobten Kinder, die unterdrückte Laute von sich gaben.

Moses schlenderte weiter durch die Gassen.

Wohin er sich auch bewegte, überall traf er auf Männer, Frauen und Kinder die umeinander herumwirbelten. Und es fiel kein einziges Wort dabei.

Am Nachmittag kehrte er in die Pension zurück. Morgen wollte er diesen Ort verlassen. Und seine Wanderung fortsetzen.

Doch Moses brach am nächsten Tag nicht auf. Und auch nicht am übernächsten.

Die Tage zerrannen, mündeten in Nächte. Die wieder in Tage übergingen. Die neuerlich in Nächte eintauchten. Moses konnte sich zu keinem Entschluss aufraffen. Und er vergaß, wozu er aufgebrochen war. Eine dumpfe Trägheit hielt ihn in diesem Bergdorf fest.

Als hätte er sein einstmals gelebtes Leben beim Durchschreiten des Torbogens zurückgelassen, sackte er in eine willenlose Leere.

3.

Etwa zur selben Zeit verlor der Dramatiker Emil Stadler den Bezug zu den Figuren, die er selbst erschaffen hatte. Seit Wochen kämpfte er schon mit Hannes und Josef, den beiden Protagonisten seines neuen Manuskripts, um sie, wie beabsichtigt, im Zentrum seines Stückes zusammenzuführen. Doch, wie von eigenem Willen beseelt, entfernten sie sich voneinander, statt sich näher zu kommen.

Emil Stadler schob sein Notebook nach hinten, stand auf. Und fing an, in seinem Arbeitszimmer auf und ab zu marschieren.

Es dämmerte bereits, als er sich wieder an seinen Schreibtisch setzte, den Bildschirm hochklappte und zu schreiben begann. Doch kaum hatte er die ersten Sätze in die Tastatur getippt, spreizten sich seine Figuren gegen das, was er ihnen in den Mund zu legen versuchte. Flohen vor den auf dem Monitor erscheinenden Buchstaben. So schnell er ihnen auch hinterher tippte, es gelang ihm nicht, sie einzuholen.

Resigniert ließ Emil die Finger von den Tasten gleiten.

Als die Tür aufging, sah er vorwurfsvoll auf.

„Oh wei, deine Figuren haben sich schon wieder verselbständigt" sagte Melanie, als sie sah, wie Emil mit trübem Blick auf den Bildschirm stierte, „und jetzt biete ich mich an, die Schuld für deine Schöpferohnmacht zu übernehmen."

Seine Frau legte die Fingerspitzen auf Emils Schultern und massierte behutsam die verspannten Muskeln. Sie kannte diese Krisen. Doch in letzter Zeit häuften sie sich.

Wie lang schrieb er nun schon an dem Stück, das von diesen zwei Personen beherrscht wurde? Und warum hielt er es so hartnäckig unter Verschluss? Er hatte ihr stets Einblick in seine Entwürfe gewährt, sie sogar regelmäßig darum gebeten, diese zu lektorieren. Dieses Stück, an dem er nun schon Monate arbeitete, verbarg er vor ihr, als enthüllte es Geheimnisse, die er nicht preisgeben wollte.

Sie tut, als bemitleide sie mich, dachte Emil. In Wahrheit verspottet sie mich. Wie mich auch meine Figuren verspotten.

„Gib deine Figuren frei!" sagte Melanie sanft, „lass sie selbst ihre Rollen finden! Sogar Gott hat uns, seine Geschöpfe, sich selbst überlassen, damit wir unsere Existenz eigenständig fortsetzen."

„Um nun von Generation zu Generation durchs Weltall zu trudeln. Und nach einem Sinn für unser Kommen und Gehen und den kläglichen Zwischenhalt auf diesem Planeten zu suchen," konterte Emil.

Melanie bewegte ihre Finger kreisend über Emils Nacken.

„Ich bin nicht Gott," sagte Emil, „er kann es sich leisten, die von ihm selbst geschaffenen Kreaturen freizugeben, welches Ziel er damit auch immer im Auge haben mag. Ich dagegen werde von Publikum und Kritikern zerfetzt, wenn meine Figuren sich nicht stimmig zueinander verhalten. Ganz abgesehen davon, dass es nicht mehr mein Stück ist, das ich schreibe, wenn meine Figuren die Kontrolle übernehmen."

Emil bereute seine Worte sofort.

Er hätte es wissen müssen: Jetzt würde Melanie erst recht nach Auswegen aus seiner Krise suchen. Alternativen vorschlagen. Reden, reden, reden. Immer neue Lösungen anbieten, um seine Figuren wieder in den Griff zu bekommen. Bis er sich im Labyrinth der Sätze und Nebensätze verlor.

Und so geschah es.

Anfangs bemühte er sich noch, den Überblick zu behalten. Zusammenhänge zu erhorchen, an die er sich klammern könnte. Doch ihre Worte tosten wie ein Sturzbach gegen seine Ohren. Und verloren sich in seinem Kopf.

Wie ist es möglich, dachte Emil, dass sich Menschen im Dialog miteinander wähnen und gar nicht wahrnehmen, wie sie sich in überlappenden Aussagen verstricken und längst keines Zuhörers mehr bedürfen?

Und dann stellte er fest, dass auch er nicht mehr zuhörte.

„Du hörst mir ja gar nicht zu," lachte Melanie, „vielleicht sollten wir mal wieder unter Leute gehen? Was meinst du? Es würde dir guttun."

Durch die im Abendwind schaukelnden Blätter der Linden vor seinem Haus sah er auf das ‚Ristorante Da Renato' hinunter.

„Ja, das ist eine gute Idee. Ich habe einen Bärenhunger."

Emil beobachtete eine Gruppe Italiener am Nebentisch, die sich angeregt unterhielten.

„Anscheinend hast du das falsche Gericht bestellt," holte ihn Melanie wieder an den Tisch zurück, „die Pasta am Nebentisch scheint dich mehr zu interessieren als die auf deinem eigenen Teller."

„Ist es nicht wunderbar, in die dahinfließende Melodie dieser Sprache hineinzulauschen?" sagte Emil.

„Du würdest enttäuscht sein, mein Lieber, welche Inhalte von dieser Melodie getragen werden," sagte Melanie.

Das war es, was er sich schon lange insgeheim wünschte, stellte Emil fest.

Der Melodie der Sätze lauschen, ohne davon abgelenkt zu werden, welche Inhalte sie transportieren. Die Worte aus ihren Klangbildern enträtseln, statt sie sich durch ein Nachschlagen im Wörterbuch vorschnell zu entzaubern.

Seine Aufmerksamkeit kehrte noch einmal an den Nebentisch zurück. Von dem die Melodie der fremden Sprache zu ihm herüberwehte. Wie leichtfüßig die Vokale über weiche Konsonanten hüpften, sich aneinanderschmiegten! Und ihm nicht abverlangten, sie verstehen zu müssen.

Emil erwähnte nichts von seinen Gedanken und Sehnsüchten, als er Melanie am nächsten Tag mit zwei Tickets für eine gemeinsame Busreise in die Toskana überraschte.

Im Internet war er auf ein Reiseangebot gestoßen, das ihn faszinierte.

Es würde ihnen beiden guttun, dem eingefahrenen Alltagstrott für eine Weile zu entkommen. Und er könnte den ganzen Tag dem Klang dieser melodischen Sprache lauschen. Und vielleicht würden sich auf dieser Reise auch die Barrieren in seinem Stück auflösen?

„Toskana? Nicht sehr originell. Aber gut. Meinetwegen auch Busreise," sagte Melanie, „aber Reisegesellschaft? Was hast du dir dabei gedacht, Emil? Tagelang auf Gedeih und Verderb zusammengepfercht mit einem Haufen von Proleten?"

„Siehst du, auch das ist es, dem ich zu entrinnen versuche. Der vorschnellen Wertung im Zusammenführen von Begriffen. Müssen es denn Proleten sein, die sich in Busreisen zusammenschließen, Melanie?"

„Das habe ich so nicht behauptet. Aber es ist doch bekannt, dass in Gruppen das Proletenhafte im Menschen zum Hervorbrechen neigt."

„Woher willst du das wissen? Haben wir uns jemals einer Gruppe angeschlossen?"

„Ach was. Das weiß man einfach, Emil. So wie die Erde eine Kugel ist. Man muss sie nicht umrunden, um dies festzustellen."

„Ach Melanie, wir haben die halbe Welt umflogen. Wir haben Dutzende von Bahnreisen unternommen. Wir sind mit Campern und Cabrios durch ganz Europa kutschiert. Warum nicht zur Abwechslung mal in einem Bus reisen? In einer Gruppe, ja. Und es handelt sich auch nicht um irgendeine Busreise. Sieh mal!"

Melanie schielte unwillig auf das Prospekt, das ihr Emil entgegenhielt.

„Moser's Busreisen durch die unbekannten Apenninen?"

„Ich habe mit Herrn Moser gesprochen, er fährt die Route schon seit Jahren. Und seine Kunden seien immer wieder begeistert."

„Sagt er. Natürlich," spottete Melanie, „ein Einmannbetrieb? Oh je, das verspricht nichts Gutes. Vermutlich hat er auch sein Prospekt selbst entworfen. Der gute Mann hat ja schon Probleme mit dem genitivischen Apostroph."

„Mein Gott, Melanie! Genitivischer Apostroph! Was soll denn das jetzt? Ich bitte dich, glaubst du wirklich, mangelnde Rechtschreibung wirke sich auf die Qualität einer Reise aus?"

„Ja, das glaube ich, Emil," sagte Melanie.

4.

Vermutlich wäre Moses allmählich gänzlich im schauerlichen Schweigen von *Chiacchierata* versunken. Doch als sich an einem diesigen Hochsommertag ein monströser deutscher Reisebus durch den Torbogen des kleinen Bergdorfes zwängte, führte das zu einer Reihe von Ereignissen, die sein Schicksal mit dem eines der Reisenden unerwartet verketten sollte.

Der Bus kam auf dem leeren Kirchplatz zum Stehen.

Niemand stieg aus.

Abgemagerte Katzen lungerten im Schatten eines riesigen Baumes, der mit seinen ausladenden Zweigen einen großen Teil der Piazza überdachte.

„Eine Steineiche," sagte der Busfahrer bewundernd, „es gibt sie in dieser Gegend eher selten. Sie muss Jahrhunderte auf dem Buckel haben."

"*Un leccio secolare*," übersetzte Melanie.

Doch die Reisenden waren weder an dem offenbar Jahrhunderte alten Baum noch an seiner italienischen Bezeichnung interessiert. Sie schauten in die massige Krone. Ließen ihre Blicke über die Piazza gleiten. Die schweren Steinplatten der Piazza flimmerten im grellen Licht.

„Der Ort ist verlassen," sagte einer von ihnen. Und deutete auf die geschlossenen Fensterläden an den ineinander geschachtelten Häuserfronten.

„Der Mann hat recht," schaltete sich eine Dame ein, „der Ort ist tot."

„Nicht toter, als die bisherigen auf dieser Reise," sagte Melanie.

„Und die Katzen dort?" sagte eine der Reisenden.

„Schaut sie euch doch an! Um die kümmert sich niemand mehr."

Der Busfahrer verschränkte die Handflächen hinter seinem Nacken. Wippte ein paar Mal hin und her. Und ließ das Seitenfenster heruntergleiten. Bleierne Hitze dümpelte aus den Gassen herauf. Und die aufgestaute Hitze drang in den klimatisierten Innenraum.

„Es ist Siesta, Herrschaften. Die Leute sitzen in ihren Häusern. Und essen."

„Essen," sagte einer der Reisenden und seufzte.

Die Türen schwenkten nach außen. Der Busfahrer stieg als erster aus. Der gepflasterte Boden unter ihm kochte.

Stöhnend zogen sich die Reisenden an den Kopfstützen der Vordersitze hoch. Ruckelten an ihren Gürteln. Zupften an den auf ihrer Haut festklebenden Hemden und Blusen. Doch die Hitze, die in den Bus drängte, drückte sie in ihre Sitze zurück. Sie schüttelten sich, um die Übelkeit zu verscheuchen, die sich ihrer bemächtigt hatte, als der geräumige Bus in immer steileren, immer engeren Kehren durch die Berge geschlingert war.

Der Fahrer ging zweimal um seinen Bus herum. Und schnupperte.

„Kommen Sie schon, Herrschaften! Steigen Sie aus! Es riecht nach Spaghetti. Mit Tomatensoße! So ist es überall in diesen kleinen italienischen Orten, wenn man zur Mittagszeit ankommt. Leere Gassen. Leere Plätze. Und der Geruch von eingekochter Fleisch- oder Tomatensoße."

„Jetzt hören Sie schon endlich auf vom Essen zu reden!" sagte eine der Reisenden.

Widerwillig stiegen sie aus dem Bus.

„Sie werden sehen, am Abend füllen sich die Gassen und Plätze" beschwichtigte der Busfahrer.

„Hier füllt sich nichts mehr," brummte Emil Stadler, „in diesem Ort ist die Zeit vor vielen Jahren stehen geblieben. Und das Leben mit ihr."

„Pst! Hört doch mal!" sagte Melanie.

Die Reisenden schauten Melanie an. Melanie den Busfahrer. Und der Busfahrer den Bus.

Emil reckte seinen Kopf in alle Richtungen.

„Ich höre nichts. Absolut nichts."

„Ja eben! Habt ihr jemals eine so umfassende Stille gehört?" sagte Melanie.

„Stille kann man nicht hören, auch nicht eine umfassende," sagte Emil, „Stille ist die Abwesenheit von Geräuschen, also genau der Zustand, den man mit den Ohren nicht wahrzunehmen vermag."

„Da irrst du dich, mein Lieber. Stille ist eine Qualität des Hörbaren. Sie legt bloß, was sich zwischen den Geräuschen verborgen hält. Sie ist der Nachklang des Gehörten und die Vorausahnung des zu Hörenden. Wie die Pause in einem Musikstück, die noch angefüllt ist vom Klang des vorausgegangenen Tons. Und der Erwartung des nächsten. Das ist eine Stille voll hörbarer Spannung. Sie steigert sich, je länger sie andauert. Diese Stille hier ist eine andere Stille. Eine Stille, die alle Geräusche so sehr verdrängt, dass sie zu erwartende ausschließt."

„Bravo!" rief einer der Reisenden, „aber sind wir nun stundenlang mit diesem Klapperbus durch diese unzumutbaren Straßen gekurvt, um in der glühenden Mittagssonne mit herunterhängenden Mägen über verborgene Geräusche in der Stille zu philosophieren?"

„Welche Stille auch immer," meldete sich eine ältere Dame, „hier gibt es niemanden mehr. Jedenfalls keine Lebenden."

„Und der dort," sagte Melanie und deutete in eine der Gassen, „wie würden Sie den nennen? Einen wandelnden Toten?"

Seitdem das Schweigen in *Chiacchierata* im Herumwirbeln der Gesten zerfallen war, nutzte Fortunato die Mittagszeit und die späten Nachtstunden, um unbehelligt durch die Gassen zu schlendern.

Er erschrak, als die Fremden plötzlich vor ihm standen. Doch noch ehe er in einer der Gassen Schutz suchen konnte, lief der Busfahrer auf ihn zu.

In gebrochenem Italienisch fragte er nach dem Namen dieses ungewöhnlichen Ortes, in dem keine Stimmen, ja nicht einmal Fernseher um die Mittagszeit zu hören, sehr wohl aber Essengerüche wahrzunehmen seien. Er könne sich nicht erinnern, ein Schild am Ortseingang gesehen zu haben. Fortunato starrte auf die Lippenbewegungen des Busfahrers. Streckte die Handflächen abwehrend von sich, wie er es immer tat, wenn Fremde ihn etwas fragten. Führte dann seine beiden Zeigefinger an seine Ohren.

„Der Mann ist vielleicht Ausländer, wie wir," sagte der Busfahrer und wandte sich nach der Reisegruppe um, „spricht einer von Ihnen noch andere Sprachen? Vielleicht Albanisch oder Rumänisch? Es soll ja viele slawische Einwanderer hier geben."

„Sie nehmen es mir doch nicht übel, Herr Moser, wenn ich Sie darauf hinweise, dass weder Rumänisch noch Albanisch zu den slawischen Sprachen gehört? Und warum sollte es von den vielen Völkern auf unserer Erde ausgerechnet ein Albaner oder Rumäne sein, den wir hier vor uns haben?"

„Nein, Herr Stadler, ich nehme es Ihnen nicht übel, aber es bringt uns hier nicht weiter, wenn wir nicht versuchen, mit ihm ins Gespräch zu kommen."

„Vielleicht ist der Mann ja ein Deutscher?" sagte einer der Reisenden, „und wir bemühen uns umsonst, seine Nationalität zu erraten."

„Das wäre freilich das Naheliegendste in einem abgelegenen italienischen Bergdorf," blaffte Emil Stadler.

„Gruppenreise," bemerkte Melanie Stadler und warf einen Blick auf Emil.

Fortunato sah von einem zum anderen. Und begann langsam rückwärts zu gehen. Als er bei der Gabelung von zwei Gassen angekommen war, drehte er sich um. Fing zu rennen an. Und verschwand.

Der Busfahrer hob seine Hand über den Kopf und ging auf die Gasse zu, in der Fortunato verschwunden war.

„Bitte folgen Sie mir!"

Die Reisenden trotteten hinter ihm her.

Kaum waren sie in eine Gasse eingebogen, verzweigte sie sich, lief auf eine spitze Hausfront zu und teilte sich von neuem. Einige stiegen sanft bergan, während sich andere über grobsteinige Stufen nach unten schlängelten. An jeder Gabelung hielt der Busfahrer kurz inne. Ging dann ohne erkennbares Konzept weiter.

„Wie lange wollen wir noch hinter ihm herlaufen?" fragte Melanie.

„Hast du einen besseren Vorschlag?" entgegnete Emil.

„Ich habe kein gutes Gefühl," flüsterte Melanie und beobachtete misstrauisch die leeren Gassen.

„Lasst uns weiterfahren!" rief sie dem Busfahrer zu, „es muss doch noch ein anderes Bergdorf geben, wo wir etwas zu essen bekommen."

„Im letzten Ort, durch den wir gekommen sind, gab es jedenfalls nichts."

„Herrschaften, wie Sie schon gemerkt haben werden, liegen die Orte hier sehr weit auseinander. Bis wir den nächsten Ort erreicht haben, ist die Mittagspause vorbei," erklärte der Busfahrer und ging weiter.

„Was wollen Sie damit sagen?"

„In diesen abgelegenen Regionen ist die Essenszeit sehr begrenzt. Von zwölf Uhr bis vierzehn Uhr. Maximal. Danach kriegen wir in keinem der Dörfer mehr etwas zu essen."

„Hat jemand eine Uhr? Wie spät ist es denn?"

„Kurz vor zwei."

„Na, dann Mahlzeit!"

Die Reisenden wischten sich den Schweiß von Nacken und Stirn. Die Luft flimmerte über den glatt getretenen Platten der Gehwege. Metallisches Licht füllte den Himmel.

Melanie schaute besorgt um sich.

„Ich weiß nicht. Wir sollten trotzdem umkehren."

„Wohin, Melanie? Wohin sollen wir umkehren?"

„Egal, nur weg von hier."

Der Busfahrer schritt unbeirrt weiter voran. Die Reisegruppe stapfte missmutig hinter ihm her.

„Wir bewegen uns im Kreis," stellte einer der Reisenden fest.

„Das ist lächerlich, wir werden uns doch nicht in einem kleinen Bergdorf verirren," sagte Emil.

„Mosers Reisen durch die unbekannten Apenninen," sagte Melanie spöttisch.

„Schaut mal! Da!" rief der Busfahrer.

Die Reisenden beäugten den Mann, der beim Überqueren der Gasse in seinem Schlendergang innehielt und seinen Kopf, wie in Zeitlupe, gemächlich in ihre Richtung drehte.

„Signore, Signore ..." rief der Busfahrer und wedelte mit beiden Armen.

„So helfen Sie mir doch, Frau Stadler! Sie sprechen doch Italienisch."

Moses Himmelreich musterte die Gesichter der Reisenden.

„Bemühen Sie sich nicht! Wir können gern deutsch miteinander reden!"

Ein geräuschvolles Ausatmen ging durch die Gruppe der Reisenden.

„Allerdings weiß ich nicht, ob ich Ihnen weiterhelfen kann", sagte Moses.

Sie seien eine deutsche Reisegesellschaft, erklärte Herr Moser.

Ja, sagte Moses, das habe er vermutet.

Herr Moser kam auf ihn zu.

„Ich bin der Busfahrer und Leiter dieser Gruppe. Es gibt wohl keine *trattoria* in diesem Ort? Meine Leute", er breitete seine Arme pastoral über die Reisenden „sie sterben mir gleich vor Hunger."

„Ah ja," sagte Moses.

Er fühlte sich unangenehm umringt. Die Mittagshitze staute sich in der engen Gasse.

„Es gibt da eine kleine Pension, aber..."

„Das ist ja wunderbar," unterbrach ihn der Busfahrer, „wären Sie denn so freundlich, meine Reisegruppe dorthin zu führen? Vielleicht schaffen wir es ja noch rechtzeitig, etwas zu essen zu bekommen. Wir sind wirklich sehr hungrig."

„Gut. Folgen Sie mir! Aber ich kann nichts versprechen..."

„Sie haben uns gerettet, Herr…" unterbrach ihn der Busfahrer wieder.

„Himmelreich. Moses Himmelreich."

Kurz darauf standen sie vor einem mit großen Travertinquadern umrandeten Portal.

„Warten Sie hier!"

Eine halbe Stunde später saß die Reisegruppe um provisorisch zusammengestellte Tische im Speiseraum der Pension. Die Wirtin hatte mit Oliven dekorierte Schinkenplatten aufgetischt. Dazwischen standen Karaffen mit Rotwein. Über Gläser schien die Pension nicht zu verfügen. Ein leichter Wind wehte durch die offenstehenden vorhanglosen Fenster.

Die Reisenden aßen gierig. Tranken den Rotwein direkt aus den Karaffen. Und langsam löste sich die aufgestaute Spannung in ihnen. Und unabweisbare Müdigkeit fiel über sie her.

Herr Moser hielt nach der Wirtin Ausschau und erkundigte sich nun doch nochmal wegen freier Zimmer.

„Sie deutet nur um sich herum, bewegt ihre Finger und lächelt," sagte der Busfahrer an Moses gewandt, „sie scheint mich nicht zu verstehen."

„Sie hat nicht genügend Zimmer," sagte Moses.

„Und warum sagt sie uns das nicht einfach?" erkundigte sich Melanie.

„Sie sagt es Ihnen auf Ihre Art," sagte Moses.

Die Pensionswirtin stand plötzlich wieder vor ihnen, hielt ihre beiden Handflächen nach unten und stieß sie mehrmals aneinander.

„Ich glaube sie meint, wenn Sie etwas zusammenrücken..."

Erschöpft von den unerwarteten Strapazen dieses Tages verteilten sich die Reisenden sogleich auf die wenigen zur Verfügung stehenden Zimmer.

Melanie Stadler atmete auf, als Ihnen als einzigem Ehepaar der Reisegruppe ein eigenes Zimmer zugestanden wurde.

Die Reisenden schliefen bereits tief, als die Einwohner von *Chiacchierata* durch die niedrigen Türen ihrer Häuser schlüpften und die Gassen bevölkerten. Nur Moses lag grübelnd auf seiner schaukelnden Matratze. Und wischte sich den Schweiß von seinem gesamten Körper.

Warum war er nicht schon längst weitergezogen?

Der Ort gefiel ihm nicht. Und die Ankunft der Reisegruppe schon gar nicht.

5.

Auch Emil Stadler fand keinen Schlaf in dieser Nacht.

„Wach auf Melanie!"

Melanie Stadler räkelte sich und stülpte sich ihr Kissen über den Kopf.

„Melanie! Da draußen ist bereits Mittag!" log er.

Sie lugte argwöhnisch unter ihrem Kissen hervor.

„Mittag?"

Sie wälzte sich von einer Seite auf die andere.

„Steh endlich auf, Melanie. Um zu schlafen, hätten wir keine Reise unternehmen müssen. Lass uns den Ort erkunden!"

Obwohl beide Fensterflügel offenstanden, drang kein Geräusch herein.

„Den Ort erkunden? Haben wir das nicht schon gestern gemacht? Was gibt es da noch zu erkunden."

Melanie kroch wieder unter ihr Laken.

„Und was machen wir dann hier?"

„Nichts. Lass mich weiterschlafen!"

Emil lehnte sich aus dem Fenster.

Auf den durchhängenden, mit weißlichem Schorf überzogenen Ziegeldächern lasteten schwere Steine. Darüber verteilte sich eine Unzahl mit Draht zusammengehaltener Kamine. Aus den Gassen drang das Miauen von Katzen in den erwachenden Tag.

Immerhin Katzen, dachte Emil.

„Meine Brille ist weg!" rief Melanie plötzlich, während sie einen Arm unter dem Laken hervorschob und unter dem Bett herumfingerte.

„Was heißt, deine Brille ist weg? Welche Brille denn?"

„Meine Brille eben. Hör mal, Emil, du wirst doch nicht über Nacht vergessen haben, dass ich eine Brille trage?"

„Meistens trägst du Haftschalen."

„Gestern trug ich meine Brille."

„Okay, und wo ist sie jetzt?"

„Das ist es eben. Sie ist nicht da. Ich hatte sie unter mein Bett in meine Schuhe gelegt. Da ist sie nicht mehr."

„Ungewöhnlicher Platz, um eine Brille abzulegen."

„Was hat das damit zu tun, dass sie nun weg ist?"

„Denk mal nach, Melanie!" antwortete Emil geduldig, „vielleicht hast du sie ja doch woanders abgelegt. Ich meine, einfach nur so, gedankenverloren?"

Emil lachte.

„Ich finde das nicht komisch."

„Wer sollte denn nachts in unser Zimmer schleichen? Unsere Betten auseinanderschieben? Und deine Brille aus deinen Schuhen ziehen?"

Emil beobachtete das Treiben der Katzen in den Gassen.

„Woher soll ich das wissen? Einer der Dorfbewohner vielleicht?"

„Hast du schon einen Einwohner hier gesichtet? Der Ort ist verlassen, ausgestorben."

„Eine Pension in einem verlassenen Dorf? Findest du das nicht seltsam?"

„Hier scheint vieles seltsam zu sein. Erinnerst du dich an den Debilen?"

„Welcher Debile denn?"

„Nun, der uns angestarrt hat und dann abgehauen ist."

„Ja, Melanie," lachte Emil, „der war's! Vielleicht war's ja sogar die Pensionswirtin?"

„Warum nicht? Fandst du nicht, dass sie sich recht sonderlich verhält? Spricht kein Wort. Lächelt nur dümmlich vor sich hin. Vielleicht ist ja auch sie debil. Wie auch immer, meine Brille ist jedenfalls weg."

„Der Vollständigkeit halber sollten wir dann aber auch den Juden als Verdächtigen miteinbeziehen," gab Emil zu bedenken.

„Wie bitte? Wer?"

Melanie warf das Bettzeug von sich. Sie war jetzt hellwach.

„Nun, der untersetzte Mann, der uns zu dieser Pension geführt hat.

Melanie funkelte Emil mit weit aufgerissenen Augen an.

„Sag das noch einmal, Emil! Sag noch einmal, was du eben gesagt hast!"

Emil sah sie verwundert an.

„Sagtest du nicht gerade ‚Jude'? Sind wir also wieder soweit?" zischte sie.

„Was regst du dich so auf, Melanie? Ich habe gehört, wie er dem Busfahrer seinen Namen nannte. Der Mann heißt Himmelreich. Moses Himmelreich. Mein Gott, Melanie, gibt es einen jüdischeren Namen als Moses Himmelreich? Warum darf ich ihn nicht Jude nennen?"

„Weil es sich aus deinem Mund nicht gut anhört. Deswegen. Und weil er, wie du selbst eben sagtest, einen Namen hat. Und weil es natürlich wieder der Jude sein muss, der bezichtigt wird. Wenn sich sonst keiner anbietet."

„Melanie, Melanie! *Du* behauptest doch, deine Brille sei gestohlen worden," versuchte Emil sie zu beruhigen, "wenn es also weder der Debile, noch unsere Wirtin oder einer der Mitreisenden und auch ich nicht war, muss man doch auch ihn erwähnen dürfen."

„Ja, mit seinem Namen. An den du dich ja offenbar erinnerst."

„Ach, Melanie. Natürlich hat weder Herr Himmelreich noch sonst jemand deine Brille aus deinen Schuhen genommen. Und ja, natürlich hätte ich ,Herr Himmelreich' sagen können."

„Hast du aber nicht."

„Das ist doch kein Grund, ein Judenthema daraus zu machen."

In tiefes Grübeln versunken schlenderte Emil Stadler durch die Gassen. Der Ort wirkte genauso verlassen wie am Vortag. Doch Emil war zu sehr in seinen Gedanken, um sich darüber zu wundern.

„Der Mann hat sich als Moses Himmelreich vorgestellt," redete er vor sich hin, „Moses Himmelreich ist unzweifelhaft ein jüdischer Name. Warum darf ich einen Juden nicht Juden nennen?

Emil drückte seine Handflächen gegen sein Gesicht.

Die Sonne war inzwischen über den Berghängen aufgetaucht. Die Granitwände der in- und aneinander geschachtelten Häuser reflektierten das Morgenlicht.

Was ist hier geschehen?

Plötzlich fühlte sich Emil durch die Ritzen der Fensterläden beobachtet. Ein Schauder lief ihm über den Rücken. Er drehte sich mehrmals in alle Richtungen. Doch da war niemand.

Dann fiel ihm ein, dass er zur Pension zurückmusste.

Er konnte sich nicht erinnern, ob und für wann ein Termin zur Weiterfahrt vereinbart worden war. Er irrte durch die verwinkelten Gassen. Als er in Schweiß gebadet bei der Pension ankam, traf er auf den Busfahrer, der vor der Eingangstür stand und rauchte.

„Ich hoffe, Sie haben nicht auf mich gewartet? Ich habe mich irgendwie verlaufen."

„Verlaufen? In diesem Bergdorf?" lachte der Busfahrer, „aber kein Problem, Herr Stadler! Die Reisegruppe wünschte sich eine kleine Pause, bevor die Kurverei weitergeht. Wir brechen erst morgen die Zelte hier ab. Mosers Reise durch die unbekannten Apenninen ist noch nicht zu Ende."

6.

Nach dem Abendessen entzog sich Emil dem allgemeinen Tischgeplapper. Machte sich noch einmal auf den Weg, um diesen eigentümlichen Ort zu erforschen, den er zuvor gedankenverloren durchwandert hatte. Und schon als er den knarrenden Flügel des Pensionsportals aufstieß, spürte er, dass sich etwas verändert hatte. Die Gassen waren immer noch leer. Kein Lichtschimmer drang durch die verschlossenen Fensterläden. Und doch schien ihm, als wehte von irgendwoher Leben auf ihn zu. Ohne sich weiter um Orientierung zu kümmern, ließ er sich durch das Gewirr der Gassen treiben.

Als er den Platz erreichte, erstarrte er.

Dicht gedrängt standen Männer in kleinen und größeren Häufchen zusammen. Hüpften wie Balletttänzer aufeinander zu. Streckten und krümmten sich in absonderlichen Posen. Im faserigen Licht der an den Hauswänden angebrachten Lampen sah er ihre verzerrten Gesichter. Ihre tänzelnden Körper schwammen im Spiel von Licht und Schatten ineinander.

Trotz der in den Gassen immer noch aufgestauten Hitze des Tages, spürt Emil, wie ein Frösteln durch seinen Körper geht.

„Wie Gespenster, nicht wahr?"

Als er aussprechen hörte, was er soeben gedacht hatte, fuhr Emil erschrocken herum.

Moses Himmelreich kam schleppenden Schrittes auf ihn zu.

„Es ist unheimlich, sie so gestikulieren zu sehen, nicht wahr? Es ging mir wie Ihnen, als ich sie das erste Mal sah. Man kann nicht anders, man muss sie anstarren."

„Ja," flüsterte Emil, „es ist als - aber Sie humpeln ja. Haben Sie sich verletzt, Herr Himmelreich? So war doch Ihr Name?"

„Nein, beziehungsweise ja."

Moses lachte.

„Himmelreich, ja. Verletzt, nein. Jedenfalls nicht ernsthaft. Meine Füße sind noch immer wund. Ich bin den ganzen Weg gegangen."

„Welchen ganzen Weg? Von wo sind Sie denn losgegangen?"

„Von Bologna. Ich bin durch die Apenninen gewandert."

„Von Bologna aus?" rief Emil.

„Genauer gesagt von Piccenio. Das ist ein kleiner Ort kurz hinter Bologna."

„Zu Fuß? Die ganze Strecke?"

„Ja. Ich spüre jeden einzelnen Kilometer davon in meinen Knochen."

Emil sah auf Moses' Füße hinunter.

„Natürlich nicht in diesen Sandalen. Und nicht an einem Tag," sagte Moses.

Emil räusperte sich.

„Wenn ich nur an unsere Fahrt hierher denke! Wir sind ja auch über Bologna gekommen. Diese endlose Kurverei!"

„Ich bin freilich nicht auf den Straßen gewandert."

Er sieht nicht aus wie ein Sportler. Was hat ihn wohl zu dieser sicherlich strapaziösen Wanderung veranlasst? fragte sich Emil.

„Wie Sie sehen, gibt es eine andere Möglichkeit, in diesen Ort zu gelangen."

Moses lachte.

„Es war nicht meine Absicht, in diesen Ort hier zu gelangen," sagte Moses, „ich bin zufällig hier gelandet. Ich bin auf der Suche."

„Sind wir das nicht alle?" sagte Emil, ohne sich von den Gestikulierenden abzuwenden.

„Ja. Sie haben recht. Vermutlich. Mehr oder weniger."

„Aber deswegen muss man sich doch nicht durch die Büsche pirschen."

„Nein," sagte Moses, „muss man nicht."

Seine Augen, dachte Moses irritiert, was ist mit seinen Augen? Es ist, als schaute ein anderer aus ihnen heraus.

„Es sei denn, Sie hofften, im Unterholz zu finden, was Sie suchen?"

„Wenn Sie so wollen," sagte Moses abwehrend.

„Dann hoffe ich für Sie, dass Sie hier gefunden haben, was Sie suchten. Nach all den Strapazen."

Will ich dieses Gespräch mit diesem Mann weiterführen? fragte sich Moses.

„Offen gesagt, weiß ich es nicht, Herr - "

„Oh, entschuldigen Sie, ich hab mich ja noch gar nicht vorgestellt. Mein Name ist Stadler, Emil Stadler. Sie wissen also nicht, ob Sie gefunden haben, was Sie suchten?"

„Ich weiß es nicht, Herr Stadler," sagte Moses und schüttelte den Kopf, „ich weiß nicht einmal, ob ich überhaupt finden werde, was ich suche."

Er will es mir nicht sagen, dachte Emil. Es geht mich ja auch nichts an.

„Ja, das geht wohl allen Suchenden so," sagte er. Und wandte sich dem gespenstischen Pantomimenspiel auf der Piazza zu.

„Wir scheinen in eine Geisterstadt geraten zu sein."

„Geister?" flüsterte Moses, als fürchtete er, die dort Herumhüpfenden auf sich aufmerksam zu machen.

„Geister oder Gespenster. Wie Sie wollen. Sehen Sie doch! Sie nehmen überhaupt keine Notiz von uns! Als wären wir nicht vorhanden."

„Nun, das ist die Frage," sagte Moses, „sind sie es, die nicht vorhanden sind? Oder sind wir es? Aus ihrer Sicht vielleicht wir es, die nicht vorhanden sind. "

Emil musterte Moses. Schaute dann nochmal auf die Gestikulierenden.

„Ich fürchte, ich kann Ihre Frage nur bedingt beantworten."

Moses lachte. Sein Lachen gefiel Emil.

„Als ich hier ankam, dachte ich, ich sei in eine Taubstummensiedlung geraten."

„Und jetzt? Was denken Sie jetzt, Herr Himmelreich?"

„Ich weiß es nicht. Taub sind sie wohl nicht, denn sie haben auf meine Fragen reagiert. Und ich glaube, sie sind auch nicht stumm."

„Warum sollten sie dann gestikulieren, statt miteinander zu sprechen?"

„Vielleicht wollen sie es nicht."

„Sie meinen, diese Leute wollen nur einfach nichts mit uns zu tun haben? Und das ist ihre Art, es uns zu zeigen?"

„Es ist nicht immer leicht, herauszufinden, warum jemand etwas tut. Oder nicht tut," sagte Moses vage, "da Menschen den Grund für ihr Handeln oft für sich behalten, oder ihn selbst nicht kennen, erscheint ihr Verhalten Außenstehenden oft rätselhaft."

„Sofern ihrem Handeln überhaupt eine Begründung vorausgeht," sagte Emil.

Moses wandte sich abrupt um.

„Sie meinen, sie hüpfen einfach nur so um sich herum? Ohne zu wissen, was sie tun und warum sie es tun?"

„Was doch bei unserer Spezies nicht selten vorkommt. Finden Sie nicht auch?"

„Ja, tatsächlich wissen wir wenig über die Kräfte, die uns bewegen."

Nun lachten sie beide.

Wir verlieren uns hier in Spekulationen. Warum gehen wir nicht einfach auf sie zu? Dachte Emil.

„Ich habe es schon versucht," sagte Moses, als hätte er Emils Gedanken gehört, „sie gestikulieren nur. Und aus ihren Gesten kann ich nicht erkennen, ob sie mich verstehen. Oder ob sie mich nur abzuwimmeln versuchen."

„Sind es denn überhaupt die Einwohner dieses Dorfes, die dort schweigend herumfuhrwerken?" murmelte Emil, „vielleicht ist es ja eine andere Reisegruppe, die sich, wie wir, hierher verirrt hat? Eine Gruppe Taubstummer oder Pantomime übender Schauspieler?"

Moses schüttelte den Kopf.

„Vormittags schlüpfen sie durch die Türen ihrer Häuser, um sich in den Nachmittagsstunden wieder in ihnen zu verkriechen. Und am Abend kommen sie dann wieder heraus. Das Ritual, das Sie hier vor sich sehen, wiederholt sich jeden Tag, seitdem ich hier angekommen bin."

„Ah ja? Wie lange sind Sie denn schon in diesem unheimlichen Ort?"

„Oh, ehrlich gesagt, weiß ich das nicht. Vielleicht eine paar Wochen. Vielleicht auch mehr Manchmal habe ich den Eindruck, immer schon hier gewesen zu sein. Ich weiß es wirklich nicht."

Emil warf einen argwöhnischen Blick auf Moses.

Vielleicht wird man hier so, wenn man nicht rechtzeitig von hier wegkommt, dachte er.

„Was also mag vorgefallen sein, das diese Leute dazu bewegt, sich so zu gebärden?"

„Ein Versprechen, vielleicht," sagte Moses lauter als beabsichtigt.

Beide erschraken, als das Wort in die unheimliche Stille der Piazza eindrang. Doch die Einwohner fuchtelten unbeirrt weiter.

„Ein Versprechen? Wem gegenüber?"

„Ich weiß es nicht. Muss sich ein Versprechen an einen Empfänger richten?"

„Sie meinen, sie haben es sich selbst versprochen?"

„Dann wären sie selbst ja die Adressaten ihres Versprechens. Nein, ich habe eher an ein religiöses Versprechen gedacht."

„Ein Gelübde?" fragte Emil, „in dem Fall wäre es ein Gott, dem sie etwas versprochen haben. Also wieder ein Adressat."

„Sie haben gewonnen," lachte Moses.

Emil wehrte ab.

„Sehen Sie doch! Die Leute reagieren überhaupt nicht auf unsere Gegenwart. Als trügen wir Tarnkappen. Ich sage Ihnen, sie sind taub und stumm."

„Aber sind sie auch blind? Wir stehen vor ihnen. Und sie zeigen nicht die kleinste Reaktion."

„Warum sollten sie auf uns reagieren? Aber ja, wer weiß, vielleicht sind sie auch blind."

„Und was nützten ihnen dann ihre Gesten?"

Wieder lachten sie beide.

„Also doch Gespenster!"

„Oder Schwachsinnige, die nur einfach herumhüpfen, ohne jeden Sinn und Zweck."

Sie wandten sich abrupt von den Gestikulierenden ab. Ihre Blicke begegneten sich. Als prüften sie einander, wer als Erster zu lachen anfangen würde.

Aber sie lachten nicht. Denn in diesem Augenblick schob sich ein auffallend großer Mann in einem zerschlissenen schwarzen Kittel durch einen Flügel des Kirchportals. Er nickte Moses flüchtig zu. Eilte dann mit großen Schritten über die Piazza. Ohne sich um die Gestikulierenden zu kümmern.

„Der Dorfpfarrer, vermutlich," sagte Moses, „ich bin ihm schon ein paar Mal begegnet."

„Vielleicht kann er uns sagen, was es mit diesem Ort auf sich hat. Sie sprechen doch seine Sprache?"

„Nicht, wenn er die Sprache jener teilt."

Wieder lachten sie beide.

Der Dorfpfarrer hatte den Platz fast überquert.

„Dem Talar nach zu urteilen, scheint es tatsächlich ein Pfarrer zu sein. Wollen Sie es nicht doch versuchen, ihn zu fragen? Bevor er in einer der Gassen verschwindet."

Moses hob die Schultern.

„Ich will es gerne noch mal versuchen, wenn ich Ihnen damit einen Gefallen tue. Aber versprechen Sie sich nicht viel davon! Bisher habe ich noch kein einziges Wort in diesem Ort vernommen."

Der Pfarrer stand bewegungslos da, als Moses ihn ansprach. Dann kramte er einen Notizblock und einen Stift aus den Falten seines Kittels. Kritzelte ein paar Worte auf das oberste Blatt. Trennte es aus dem Block. Und hielt es Moses hin.

Als er Emil sah, erbleichte der greise Pfarrer. Geriet ins Wanken. Und der Zettel flatterte zwischen die drei Männer.

Beppe, der wie immer auf dem Mäuerchen um die alte Steineiche hockte, sah wie Don Graziano zu kippen begann und rannte auf ihn zu. Doch noch ehe er ihn erreicht hatte, war der Pfarrer in sich zusammengesackt. Es gelang Beppe nicht, den wuchtigen Mann wieder aufzurichten. Und er schaute hilfesuchend um sich. Sein Blick fiel auf Emil. Und Beppe schrie laut auf. Rannte auf das Kirchportal zu. Riss einen der Flügel auf. Und verschwand immer noch schreiend im Inneren der Kirche. Don Graziano hatte sich inzwischen hochgerappelt. Und torkelte hinter Beppe her.

In diesem Augenblick erschien die Reisegruppe mit Melanie an ihrer Spitze.

„Ich muss mich bei dir entschuldigen, Emil," sagte Melanie, „die Brille war …"

Erst jetzt sah sie die Gestikulierenden.

„Meine Frau," sagte Emil an Moses gewandt, „Herrn Himmelreich kennst du ja schon."

„Was ist hier los?" flüsterte sie, „wo kommen die auf einmal alle her? Und warum wedeln sie so herum, ohne miteinander zu sprechen? Haben wir uns in ein Taubstummenghetto verirrt?"

„Taubstumme werden nicht in Ghettos gehalten," sagte Moses, ohne den Blick von den Einheimischen zu wenden.

„Ich meine..."

„Herr Himmelreich glaubt nicht an Taubstumme," unterbrach sie Emil, „er bevorzugt, ein Geheimnis in ihrem Schweigen zu wittern."

Melanie schluckte.

„Ein Geheimnis? Was denn für ein Geheimnis?"

„Wenn wir es wüssten, wäre es ja kein Geheimnis mehr," sagte Moses abweisend.

„Sie meinen, die dort herumhampeln können sprechen?" fragte Melanie unbeirrt weiter.

„Das wissen wir eben nicht."

„Schauen Sie doch, wie sie zappeln, ihre Köpfe verrenken, und mit den Händen herumfuhrwerken!" sagte Melanie, „glauben Sie wirklich, diese Leute würden sich die Mühe geben, sich so miteinander zu verständigen, wenn sie reden könnten, Herr Himmelreich – so war doch Ihr Name?"

„Ja, Frau Stadler," sagte Moses, „und er ist es immer noch. Zugegeben, ein etwas ungewöhnlicher Name."

„Nicht ungewöhnlicher als Goldbaum oder Rosenzweig," sagte Melanie lächelnd.

„Was wäre denn so ungewöhnlich daran, wenn eine Dorfgemeinschaft sich entscheidet, nicht mehr zu sprechen?" fragte Moses, „es gibt Klöster, die praktizieren derlei seit Jahrhunderten."

„Sieht so ein Klosterhof aus? Benehmen sich Mönche so?" sagte Melanie, „ich sage euch, wir sind in ein Dorf von Schwachsinnigen geraten. Das ist das ganze Geheimnis. Diese Leute sind einfach nur zu blöd, um zu sprechen. Debile eben, wie der, dem wir bei unserer Ankunft als Erstem begegnet sind."

Moses sah sie betroffen an.

„Nein, nicht doch, Herr Himmelreich!" wehrte Melanie ab, „Sie waren der Zweite."

„Mag sein, dass ich mich mit meiner Hypothese eines kollektiven Schweigeentschlusses irre," räumte Moses ein, „aber irgendetwas sagt mir, dass diese Leute dort sehr wohl sprechen können."

Die um sie herumstehenden Reisenden verloren das Interesse an dem Gespräch. Bauten sich vor den Gestikulierenden auf. Und beobachteten kopfschüttelnd das verstörende Schauspiel, das sich ihnen bot.

„Was steht übrigens auf dem Zettel des Pfarrers, den Sie zerknüllt in Ihrer Hand halten, Herr Himmelreich?" sagte Emil nach einer Weile, „vielleicht erhalten wir durch ihn Aufschluss über dieses Dorf."

„Ach ja, der Zettel. Ich habe ihn vor lauter Schreck ganz vergessen."

„Welcher Schreck? Und was für ein Zettel?" fragte Melanie.

„Nun, der Pfarrer hat etwas auf einen Zettel geschrieben. Als er ihn mir reichen wollte, ist er plötzlich blass geworden und in sich zusammengesackt. Einer der Einwohner, wollte ihm zu Hilfe eilen, schrie dann entsetzt auf, und flüchtete in die Kirche. Und der Pfarrer, nachdem er sich hochgerappelt hatte, humpelte hinter ihm her."

„Ich sagte es ja eben, Schwachsinnige," kommentierte Melanie.

Moses strich das Notizblatt glatt und las:

„*Non lo sappiamo.*"

„Und was soll das heißen?" fragte Emil.

„Das steht auf dem Zettel?" fragte Melanie.

„„Schauen Sie selbst!" sagte Moses und reichte den Zettel an Melanie weiter.

„Wir wissen es nicht? Was haben Sie den Pfarrer denn gefragt, Herr Himmelreich?" fragte Melanie.

„Warum der ganze Ort schweigt."

„Und er weiß nicht, warum er und alle die andern dort schweigen?"

Melanie wiegte ihren Kopf hin und her.

„Debile, wie ich sagte. Und überhaupt, wo sind die Frauen? Ich sehe nur Männer hier herumhüpfen."

Moses zuckt mit den Schultern.

„Vermutlich sitzen sie in ihren Häusern. In den Orten, die ich durchwandert habe, waren es immer nur Männer, die auf den Plätzen zusammensaßen. Oder vor ihren Häusern hockten. Aus den offenen Fenstern hörte ich Frauenstimmen. Die Frauen selbst, sah ich selten."

„Puuh," sagte Melanie und schüttelte sich, „gruselig. Wir sollten schauen, dass wir von hier wegkommen."

Sie warfen noch einen Blick über die Piazza. Schlichen dann verstört und müde durch die Gassen zur Pension zurück.

7.

Emil Stadler lag wach neben Melanie. Und wartete. Erst als er ihre gleichmäßigen Atemzüge hörte, zog er sich vorsichtig an, glitt durch die Tür. Und verließ die Pension. Noch bevor sie diesen beklemmenden Ort wieder verlassen würden, wollte er herausfinden, was die beiden Männer so sehr entsetzt hat.

Noch immer hing dampfende Schwüle in den Gassen. Nichts deutete darauf hin, dass hier Menschen wohnten. Er erreichte den Kirchplatz. Auch der war wie ausgestorben. Als hätten die gespenstischen Tänze nur in seiner Einbildung stattgefunden.

Eulen heulten aus der dunklen Stille.

Emil ging entschlossen auf das Kirchportal zu.

Im Inneren empfing ihn muffige Luft, in die sich Weihrauchgeruch mischte. Vor den Seitenaltären brannten Kerzen. Ihre spärlichen Flämmchen zuckten unruhig hin und her. Vor dem Hauptaltar erkannte er den Pfarrer. Er stand neben dem Mann, der vor ihm in die Kirche geflüchtet war. Der Mann zitterte am ganzen Körper.

Emil räusperte sich.

Als Don Graziano Emil erblickte, schlang er seine Arme um Beppe. Emil stand unbeholfen vor ihnen. Dröhnende Stille lag zwischen ihnen. Als spürte er den Eindringling, befreite Beppe seinen Kopf aus Don Grazianos Umarmung. Sah auf. Stieß einen schrillen Schrei aus. Bekreuzigte sich. Und hetzte aus der Kirche.

Melanie erwachte schweißgebadet. Fasste neben sich. Stellte fest, dass Emil nicht neben ihr lag. Auch im Bad war er nicht. Vermutlich war er zu aufgewühlt, um zu schlafen. Und irrte nun durch die nächtlichen Gassen. Dachte Melanie. Und da auch sie keine Müdigkeit mehr verspürte, zog sie sich an. Verließ die Pension. Und machte sich auf die Suche nach ihm.

Auf dem Kirchplatz setzte sie sich auf das Mäuerchen unter der Steineiche. Schlüpfte aus ihren Sandalen. Tastete mit den Fußsohlen über die noch immer warmen Steine. Spürte dem Lüftchen nach, das die Zweige über ihr bewegte.

Melanie schob die Füße wieder in ihre Sandalen zurück, stand auf. Ging auf die Kirche zu. Drückte gegen den Portalflügel. Und stellte überrascht fest, dass die Kirche nicht verschlossen war. Weihrauch und Kühle wehten ihr entgegen. Von den Seitenaltären schwamm flackerndes Licht in das riesige Mittelschiff.

Eine ungewöhnlich große Kirche für ein Bergdorf, fand Melanie.

Sie erschrak über den Hall ihrer Schritte. Und als sie sich unter dem mächtigen Gewölbe der Kuppel duckte, sah sie einen hellen Lichtstreifen seitlich auf das Altarkreuz fallen.

Plötzlich ertönte ein Schrei.

Ein Schatten rannte in den Lichtstreifen. Am Hochaltar vorbei. Und steuerte direkt auf sie zu. Melanie verkroch sich in einer der Bänke. Der Schatten huschte vorüber. Der Schrei hinter ihm her. Als das Kirchentor zuschlug, kehrte der Schrei noch einmal zurück. Und breitete sich im gesamten Kirchenschiff aus.

Und jetzt hörte sie Emils Stimme. Die empört auf jemanden einredete.

Melanie hielt den Atem an.

Der Pfarrer kam mit schweren Schritten aus der Sakristei. Stieg die drei Stufen zum Hauptaltar hoch. Öffnete den mit Blattgold eingefassten Tabernakel. Warf einen kurzen Blick nach oben. Hob dann das über den Hostienkelch gebreitete weiße Tuch ab. Zog etwas, das wie eine Mappe aussah darunter hervor. Und legte es Emil in die Hände.

Melanie beobachtete, wie Emil seine Arme von sich streckte. Als wollte er die Mappe wieder zurückgeben. Doch der Pfarrer war bereits in der Sakristei verschwunden. Und hatte die Tür hinter sich verschlossen.

Melanie kroch zwischen den Bänken hervor. Schlich an den Seitenaltären entlang zum Eingangsportal zurück. Drückte einen der Flügel leise auf. Und lief zur Pension zurück.

Als Emil kurz darauf zurückkam, tat sie, als schliefe sie. Beobachtete zwischen ihren leicht geöffneten Wimpern, wie Emil die Mappe unter seine Matratze klemmte. Wartete, bis er eingeschlafen war. Huschte zu seinem Bett, zog die Mappe vorsichtig heraus. Lief noch einmal zum Kirchplatz hoch. Und versteckte die Mappe in einem Spalt in der Kirchenmauer.

Wieder zurück in der Pension, legte sie sich neben den unruhig schlafenden Emil. Und wälzte sich nachdenklich hin und her.

Das Licht eines neuen Tages drängte bereits durch das offene Fenster, als Melanie endlich Schlaf fand.

8.

„Die Mappe ist weg!" rief Emil und griff noch einmal unter seine Matratze.

„Träume ich oder wiederholt sich da etwas? Welche Mappe?" stieß Melanie unter der Bettdecke hervor.

„Eine Mappe eben," blaffte Emil.

„Ich weiß nichts von einer Mappe," log Melanie, „bist du sicher, dass du nicht geträumt hast?"

„Ich bitte dich, Melanie! Ich weiß, wann ich wach bin und wann ich träume. Ich hatte sie unter meine Matratze gelegt."

"Nicht vielleicht zufällig doch in deine Schuhe unterm Bett?"

„Es reicht, Melanie! Ich finde das nicht witzig!"

„Wer sagt denn, dass ich witzig sein will? Ich warte jetzt nur noch darauf, dass du…"

„„Dass ich wieder den Juden bezichtige? Dein Verhalten ist peinlich, Melanie. Und geschmacklos."

„Wenn du es sagst. Was befindet sich denn in dieser Mappe?"

Emil stand auf. Ging zum Fenster.

„Keine Ahnung," brummte er, „ein Dokument vielleicht. Irgendetwas, das uns Aufschluss über das rätselhafte Verhalten der Einwohner dieses Orts geben könnte. Der Dorfpfarrer hat sie mir gestern überreicht."

„Einfach so?"

Ein Sonnenstrahl lugte durchs Fenster und entflammte ihre Haarspitzen.

„Ich weiß mit Gewissheit, dass ich die Mappe unter meine Matratze gelegt habe," beharrte Emil.

„Komischer Platz, um eine Mappe abzulegen."

„Hör auf damit, Melanie!" stöhnte Emil, „es reicht jetzt! Du hast dich genügend revanchiert!"

„Ja, du hast recht, entschuldige! Ich versteh nur nicht, warum dieser Dorfpfarrer dir eine Mappe aushändigen sollte."

„Ich verstehe es auch nicht. Er hat sie mir übergeben, wie man jemandem ein Testament anvertraut."

„Misst du dir da nicht ein bisschen zu viel Bedeutung bei, mein Lieber? Glaubst du allen Ernstes, ein dir vollkommen unbekannter Dorfpfarrer habe dich mit der Aufbewahrung seines Testaments beehrt, Emil Stadler?"

„Es ist nicht meine Aufgabe, darüber zu befinden, welche Motive er hat. Er hat mir eine Mappe überreicht. Und nun ist sie verschwunden. Ich werde die hiesige Polizeidienststelle verständigen."

Es gab keine Polizeidienststelle in *Chiacchierata*.

Als Emil mit den Dorfbewohnern Kontakt aufzunehmen versuchte, glotzten sie nur auf seine Lippen. Keiner von ihnen ließ sich ein Wort entlocken. Auch der Dorfpfarrer sah ihn nur wortlos an.

Es scheint, als lebten wir in verschiedenen Welten. Die einander nicht berühren. Dachte Emil.

„Ich versuche, über unsere Pensionswirtin etwas herauszufinden," versprach Moses, als ihm Emil vom Verlust seiner Mappe berichtete.

Gemeinsam suchten sie die Wirtin auf.

Emil beobachtete, wie sie vor Moses gestikulierte.

„Hier sind zwei an die Wand gepinnte Schreiben", sagte Moses an Emil gewandt, „es handelt sich um zwei amtliche Aushänge, an deren Ende die Telefonnummern der Polizeidienststellen stehen. Und jetzt kommt der Clou - es gibt zwar ein Telefon in diesem Ort."

Moses deutete auf einen in der Nische angebrachten Wandapparat.

„Die seit Jahren angekündigte Telefonleitung ist nie bis hierhergelegt worden."

„Passt irgendwie, finden Sie nicht?" sagte Emil.

Moses las den Ärger in seinem Gesicht. Und unterdrückte sein Lachen.

„Das alles haben Sie aus den Bewegungen unserer Wirtin herausgelesen? Sie scheinen sich schon gut in die Gestensprache dieses Ortes eingelebt zu haben. Dann ist das kuriose Herumgehüpfe auf der Piazza also doch ein Austausch von Gesten, mit denen sich die Einwohner verständigen?"

„Das weiß ich nicht, Herr Stadler. Ich hatte bisher nur mit unserer Wirtin hier zu tun. Hier lese ich *Logaiolo*, während dort Mattarella steht. Warum zwei Dienststellen? Welche ist wohl die für den Ort zuständige?

Ich kenne *Logaiolo*. Es war eine der Stationen auf meiner Reise. Freilich hatte ich nichts mit den *carabinieri* zu tun. Oh, ich sehe gerade, die Nummer von Mattarella ist nicht zu entziffern. Wenn Sie wollen, will ich gerne für Sie in *Logaiolo* anrufen."

Emil deutete auf den Wandapparat.

„Damit?"

Moses winkte ab.

„Irgendwer in der Reisegruppe wird doch ein Mobiltelefon mit sich führen."

Emil schüttelte den Kopf.

„Ich fürchte nein. Ich hatte eher den Eindruck, die meisten dieser Leute sind ganz froh, mal nicht erreichbar zu sein. Und die anderen," er lächelte, „nun, die gehören einer anderen Zeit an. Soweit ich weiß, hat nur Melanie ein Handy. Sie spricht recht gut Italienisch. Sie kann es ja mal versuchen. Allerdings glaube ich nicht, dass es innerhalb dieses abgelegenen Waldgebietes Empfang gibt."

9.

Melanie befürchtete, Emils Misstrauen zu wecken, wenn sie nicht anriefe. Es war ohnehin unwahrscheinlich, dass die hiesige Polizei sich um die verlorengegangene Mappe eines Touristen kümmern würde.

Hinter der Kirche gelang es ihr tatsächlich, eine Verbindung aufzubauen.

„*Carabinieri Logaiolo,*" brummte eine gelangweilte Stimme.

"*Vorrei fare una denuncia,* ich möchte eine Anzeige aufgeben. Hier ist eine Mappe abhandengekommen."

Melanie hoffte, dass es mit diesem Anruf sein Bewenden haben würde.

Sie hatte sich getäuscht.

Die *carabinieri* erschienen noch am selben Vormittag.

Die Reisegesellschaft stand abfahrtbereit um den Bus versammelt. Die Koffer reihten sich vor der geöffneten Ladeklappe, als der schwarzrote Alfa Romeo mit heulender Sirene und kreiselndem Blaulicht auf den Kirchplatz rollte.

Es war kurz vor Mittag. Die Siesta hatte noch nicht begonnen. Die Dorfbewohner tänzelten, wie am Vorabend, in kleinen Grüppchen voreinander her. Die Ankunft des

Polizeiwagens nahmen sie so wenig zur Kenntnis wie die Anwesenheit der Reisenden.

Zwei der *carabinieri* stiegen aus den Vordertüren. Ein dritter drückte die linke Hintertür auf. Blieb aber im Fond sitzen. Die zwei Ausgestiegenen ließen ihre Blicke über die Piazza wandern. Dann steuerte einer von ihnen auf den in seine schwarze Kutte gehüllten Dorfpfarrer zu.

„Buongiorno, padre!"

Don Graziano stand unbewegt vor dem Kirchportal.

„Troppo caldo, quest'anno, zu heiß dieses Jahr."

Der Pfarrer nickte.

„È un caldo notevole, die Hitze ist bemerkenswert," sagte Melanie, die sich neben Don Graziano gestellt hatte.

Ja, ja, auch er und seine Kollegen litten unter der Hitze, bestätigte der *carabiniere.* Aber er freue sich, dass immerhin einer mit ihm spreche.

„Eine," verbesserte ihn Melanie.

Der *carabiniere* musterte Melanie. Warf dann einen Blick auf das Nummernschild am Reisebus.

„Und das auch noch in unserer Sprache," fügte er hinzu, *„cosa succede qua?* Was geschieht hier?"

„Eigentlich hoffte ich, Sie könnten uns das erklären," sagte Melanie.

Als der *carabiniere* plötzlich *„autista"* auf die Piazza hinaus bellte, fuhren die Reisenden erschrocken hoch.

„Beruhigt euch!" sagte Melanie beschwichtigend, „der *Maresciallo* will nur wissen, wer von uns der Fahrer ist."

„Haben Sie's denn vergessen, Frau Stadler?" sagte der Busfahrer spöttisch.

„Ich übersetze nur," sagte Melanie, ohne ihren Blick von den beiden *carabinieri* zu wenden.

Der Busfahrer hob seinen rechten Arm, als sei er von einem Lehrer beim Abzählen der anwesenden Schüler aufgerufen worden.

„Chiavi!" sagte der *carabiniere.* Und hielt ihm die offene Hand entgegen.

„Er will die die Schlüssel, vermutlich die vom Bus,"
sagte Melanie.

„Ja, das habe ich verstanden, Frau Stadler," sagte der
Busfahrer gereizt, „aber ich verstehe nicht, warum ich sie
ihm aushändigen sollte?"

Melanie zuckte mit den Schultern.

„Fragen Sie ihn doch einfach!"

„Das werde ich auch tun", rief Herr Moser. Sagte dann
aber doch nichts. Und kramte den Schlüssel aus seiner Ho-
sentasche.

„Anche i documenti, per favore!"

„Er will auch die Fahrzeugpapiere," übersetzte Melanie.

„Ja, Frau Stadler, auch das habe ich verstanden."

Der Busfahrer warf den Kopf nach hinten und ging, vor
sich hin schimpfend, zum Bus.

„Was ist hier eigentlich los?" fauchte er, als er mit den
Autopapieren zurückkam., „ich habe mir nichts zuschul-
den kommen lassen."

„Meinem Mann ist eine Mappe entwendet worden. Ich
habe den Verlust angezeigt."

„Eine Mappe? Warum weiß ich nichts davon? Und dafür dieses ganze Theater?"

Die drei Polizisten salutierten. Der Polizeiwagen
brauste mit quietschenden Reifen durch den Torbogen davon.

10.

Gaetano Ingannamorte, der Polizeichef von *Logaiolo*,
hatte den Anruf der deutschen Touristin nicht wirklich
ernst genommen. Eine verschwundene Mappe mit einem
vermutlich darin enthaltenen Dokument. Das war ihm zu
unpräzise. Und vor allem war seine Polizeidienststelle gar
nicht zuständig.

Chiacchierata lag auf toskanischem Boden. War somit
Mattarella unterstellt, das zur Toskana gehörte. Da aber

Logaiolo, obgleich zur Emilia Romagna gehörend, viel näher an *Chiacchierata* lag, wandten sich die Einwohner hartnäckig an seine Dienststelle, wenn es etwas polizeilich zu klären gab. Gaetano sah keine Notwendigkeit, den italienischen Polizeiapparat für etwas in Gang zu setzen, was auf Vermutungen beruhte. Er war schon vom plötzlichen Schweigen der Einwohner *Chiacchierata*s unterrichtet worden. Hatte mehrmals geplant, dem Dorf einen Besuch abzustatten, um sich ein Bild von der Situation zu verschaffen. Nun hatte sich die Gelegenheit geboten, seinem eintönigen Polizeialltag für ein paar Stunden zu entrinnen. Und seine Neugierde zu befriedigen.

An seinem Schreibtisch sitzend warf er die Busschlüssel von einer Hand in die andere. Noch immer sah er die in Grüppchen gestikulierenden Einwohner vor sich. Die Leute schienen friedlich und ausschließlich mit sich selbst beschäftigt. Als lebten sie unter einer Glasglocke. In ihrer eigenen Welt Doch es war ein gespenstischer Anblick.

Was mag vorgefallen sein, dass diese Menschen nicht mehr sprechen?

Während die befremdenden Bilder von *Chiacchierata* an ihm vorüberzogen, tönte der Telefonapparat auf seinem Schreibtisch.

„*Sono la* Signora...“

Ja, ja, unterbrach sie Gaetano, er wisse, wer sie sei.

Was die Polizei nun zu tun gedenke, wollte Melanie wissen. Sie seien eine Gruppe deutscher Touristen. Hätten Berufen nachzugehen. Familien zu versorgen. Und ohne den Reisebus sei es ihnen nicht möglich, die Heimreise anzutreten.

Gaetano, der plötzlich befürchtete, in seiner eigenständigen Handlung zu weit gegangen zu sein, versicherte, sobald die verschwundene Mappe mit dem angeblich darin befindlichen Dokument wiederauftauche, sei die Sache für ihn erledigt. Und Schlüssel und Autopapiere könnten dann bei seiner Dienststelle in *Logaiolo* wieder abgeholt werden.

Er legte den Hörer auf.

Kurz darauf läutete erneut sein Telefon.

„Mi scusi, comandante, sono di nuovo... ich bin's nochmal. was geschieht, wenn die Mappe nicht auftaucht? Und wie sollen wir ohne Fahrzeug nach *Logaiolo* gelangen, um Schlüssel und Papiere dort abzuholen? Wie ich hörte, ist es ein weiter Weg zu Fuß von hier nach *Logaiolo.*"

„Ha ragione, Signora. Si calmi, Sie haben recht, seien Sie unbesorgt!" antwortete der Polizeichef. Er werde Schlüssel und Autopapiere persönlich nach *Chiacchierata* zurückbringen, sobald sich die Angelegenheit geklärt habe.

Und er beschloss, seinen Kollegen in Mattarella zu verständigen.

Carmelo Branciamore, der *maresciallo* der Polizeidienststelle von Mattarella, stammte aus demselben Dorf wie Gaetano. Zu Hause, in ihrer Heimat in Sizilien, waren sie sich eher aus dem Weg gegangen. Hier in der Fremde fühlten sie sich wie Brüder miteinander verbunden. Und wie Brüder stritten sie sich auch. Und versuchten, einander zu bevormunden.

„Was regst du dich auf, Gaetano? Lass sie doch anrufen!" beschwichtigte ihn der Kollege aus Mattarella.

„Sie wird nicht aufgeben. Ich spüre so etwas," klagte Gaetano.

„Dann fahr hin und mach dir ein Bild von der Sache!"

„Ich war schon dort. Obwohl es ja eigentlich in deinen Zuständigkeitsbereich fällt, Carmelo."

Carmelo überhörte den zweiten Teil des Satzes.

„Und?"

„Ich habe dem Busfahrer Schlüssel und Autopapiere abgenommen."

„Wozu soll das gut sein, Gaetanino? Hast du keine Befragung bei den Einheimischen durchgeführt? Vermutlich hat einer von ihnen die ominöse Mappe entwendet. Du weißt ja, wie das in kleinen Dorfgemeinschaften läuft. Einer beklaut den anderen. Und schiebt es einem Dritten in die Schuhe."

„Was sagst du denn da? Ich habe dich nie beklaut. Als wir noch in unserem Heimatdorf waren. Und ich hoffe, du mich auch nicht."

„Nein natürlich nicht," lachte Carmelo, „ich spreche doch nicht von uns."

„Warum hast du die Einwohner nicht befragt? Eine Befragung bringt manchmal Licht ins Dunkel."

„Licht ins Dunkel? Diese Erfahrung habe ich nicht gemacht. Und wie soll ich aus einem Haufen verstockter Irrer etwas herausbekommen?"

„Verstockte Irre? Langsam, Gaetano, langsam! Welche Irren?"

„Die Irren von *Chiacchierata*. Hast du nichts davon gehört? *Dio Cristo!* Es ist dein Zuständigkeitsbereich. Und du weißt nicht einmal, dass das ganze Dorf aufgehört hat zu sprechen."

Carmelo brach in Gelächter aus.

Gaetano, für den *Chiacchierata* * immer nur ein Ortsname gewesen war, über dessen Bedeutung er sich niemals Gedanken gemacht hatte, verstand nicht, was seinen Kollegen so überaus erheiterte.

„Ich freue mich, dass dich das so amüsiert, Carmelo. Denn da es dein Zuständigkeitsbereich ist, wirst du noch viel Gelegenheit zum Lachen haben."

„Wenn du meine Meinung hören willst, Gaetano, warte einfach ab! Und lass die Angelegenheit einstweilen auf sich beruhen."

Wieder glucksten Lacher aus Carmelo heraus.

„Ich will aber deine Meinung nicht hören, Carmelo. Morgen schicke ich dir die Schlüssel und die Autopapiere. Dann kannst du dich um die Touristen und die Irren kümmern. Und weiterlachen."

- *Chiacchierata* heißt Schwätzerchen (von chiacchierare = schwätzen)

11.

Eine Woche ging vorüber, ohne dass irgendetwas geschah. Die Reisenden ergaben sich überraschend schnell in ihr Schicksal. Nur Herr Moser schmollte noch eine Weile vor sich hin. Dann verfiel auch er in die dumpfe Gleichgültigkeit, die alle erfasst hatte.

Obwohl der August sich seinem Ende näherte, nahm die Hitze immer mehr zu.

In den Morgenstunden torkelten die Reisenden apathisch durch die schmalen Gassen. Mittags, wenn die Einwohner sich in ihre Häuser verkrochen, verbargen auch sie sich in ihren Zimmern. Blieben dort bis zum späten Nachmittag und dösten vor sich hin. Abends lungerten sie auf der Piazza herum. Betrachteten das wirre Pantomimenspiel der Einwohner. Wie einen ihnen gebotenes Straßentheater. Und sehnten die Kühle der Nacht herbei. Die ausblieb.

Schweißbedeckt krochen sie unter die Laken ihrer Betten. Lauschten dem Gesumme der Mücken. Die nach unbedeckten Körperstellen suchten. Dort Blut für ihre Brut aufsaugten. Und im Austausch ihr Juckreiz auslösendes Gift unter der Haut der Touristen platzierten.

Ein Tag glich dem anderen. Die Zeit schien stillzustehen. Die beiden unterschiedlichen Gruppen bewegten sich nebeneinander her, als seien sie füreinander unsichtbar.

Die Reisenden vergaßen, dass sie nicht hierhergehörten. Vergaßen, dass irgendwo in einer unerreichbaren Welt Aufgaben, Familie und Freunde auf sie warteten. Vergaßen schließlich auch, warum sie eigentlich hier waren.

Nur wenn sie sich am Abend zusammen auf dem Dorfplatz einfanden und den dort abgestellten Reisebus vor sich sahen, berührte sie eine Ahnung, dass es noch etwas anderes gegeben haben musste, bevor es sie in diesen trostlosen Bergort verschlagen hatte.

Dann folgten ihre Blicke der Straße, die sich durch den Torbogen hindurch aus dem Dorf schlängelte. Und sich in den umliegenden Wäldern verlor. Und nach und nach verloren sie sich selbst aus ihrem Erinnern. Versanken in einen Zustand fortwährender Gegenwart.

Bei Anbruch der Dämmerung wehte ein Lufthauch in die aufgeheizten Gassen. Schwebte minutenlang über ihren Köpfen. Und versank, ohne die ersehnte Erfrischung gebracht zu haben, in der brodelnden Hitze über dem Kirchplatz. Diese kaum merkliche Bewegung des Windes, der immer zur gleichen Stunde von den Hügeln ins Tal hinunter wehte, und sie kurz hoffen ließ und dann doch enttäuschte, wurde zum einzigen Ereignis ihrer gleichmäßig dahinfließenden Tage. Die abendliche Böe trieb die Reisegruppe auf der ortsabgewandten Seite zu einem kleinen Häufchen zusammen. Während die Dorfbewohner auf der gegenüberliegenden Seite wie üblich aufeinander zu gestikulierten. Die Steineiche trennte die beiden Parteien, wie zwei sich abstoßende Reagenzien.

12.

Und während die junge Pensionswirtin ihre Gäste weiterhin verköstigte und ihr unergründliches Lächeln auf alle verteilte, versuchten sich Emil und Moses in Diskussionen einander auszuloten. Ein ihm selbst unerklärlicher Sog zog Emil zu Moses hin. Und Moses, der Emils Annäherungswunsch spürte, gelang es nicht, seine innere Abwehr aufzugeben. Längst redeten sie sich mit Vornamen an, hatten aber nicht zu einem vertraulichen Du gefunden.

Die Reisenden kauerten eng aneinander gedrängt im Schatten der ausladenden Baumkrone. Als befürchteten sie, sich zu verlieren, wenn sie auseinanderrückten.

Nur Moses und Emil saßen abseits.

„Was veranlasst Menschen in einer Zeit allumspannender Kommunikationsnetze und überall tirilierender Funktelefone freiwillig dem Verständigungsmittel Sprache zu entsagen?" sagte Emil.

„Vielleicht sprechen sie ja heimlich miteinander, wenn sie in ihren Häusern sind," sagte Moses, „und ihr Schweigen und Gestikulieren hier draußen dient ihnen nur als Abwehrmanöver, um Störenfriede wie uns abzuschrecken. Und sich vom Leibe zu halten?"

Beide lachten auf.

„Sie schließen also nach wie vor aus, dass es sich um Taubstumme handelt?" fragte Emil.

„Können Sie sich denn vorstellen, dass sich alle Taubstummen der ganzen Gegend in einem Ort zusammengerottet haben? Oder gewaltsam hierher deportiert wurden? Oder, wenn Sie so wollen, dass ein ganzer Ort von einer rätselhaften Seuche befallen wurde, die zu Sprach- und Gehörlosigkeit geführt hat? Ist es da nicht wahrscheinlicher, dass sie sich freiwillig zu schweigen entschlossen haben?"

Moses wischte sich den Schweiß von der Stirn.

„Vielleicht schweigen sie ja nicht freiwillig," sagte Emil, „sie könnten dazu gezwungen worden sein."

„Sie meinen, eines Tages tauchten die *carabinieri* hier auf und befahlen ihnen unter Androhung von Strafe gemeinsam zu schweigen?"

„Eine bedrohliche Vorstellung," sagte Emil, „ich dachte aber eher an einen inneren Impuls, der sie dazu gezwungen haben könnte."

„Ein innerer Impuls, der ein ganzes Dorf erfüllt?"

„Eine Art Erkenntnis. Irgendwelche Erfahrungen haben dazu geführt, dass sie sich gemeinsam zu schweigen entschlossen haben."

Moses wies mit seinem Kinn auf die mit ihren Armen und Beinen rudernden Einheimischen.

„Benehmen sich so Menschen, die auf Grund einer Erkenntnis handeln?"

121

„Kommt darauf an, was sie erkannt haben," sagte Emil, „aber vielleicht ist ja Melanies These doch die nächstliegende."

„Kollektive Verblödung?" fragte Moses, „das wäre freilich das Gegenteil von Erkenntnis."

„Inzucht," sagte Emil, „denken Sie doch mal, wie abgelegen dieser Ort ist! Die Leute kommen über Generationen nicht aus ihrem Kaff heraus. Vielleicht dient ihr Gehüpfe und Gefuchtel gar nicht der Verständigung. Sie hüpfen und fuchteln einfach nur so herum. Jeder in seiner eigenen Welt. Ohne miteinander in Kontakt zu sein. Haben Sie daran schon mal gedacht?"

Die Sonne warf ihre letzten rötlichgelben Flammen über die Ränder der Bergrücken. Die Häuserwände verloren an Licht. Während der Tag im roten Dunst über den Hügelkämmen versank, drängte von Osten bereits die Dämmerung heran.

Die Reisenden hoben erwartungsvoll ihre Köpfe.

Wieder wehte der ersehnte Windhauch über sie hinweg. Ohne ihre Haut zu berühren. Auch diese Nacht würde keine Kühlung bringen.

13.

Von den Reisenden unbeachtet wölbte sich der sternenübersäte Nachthimmel über das Apenninendorf.

Nur Melanie lehnte an der warmen Mauer der Kirche. Sah, wie Sternschnuppen aus dem schlierigen Dunst der Milchstraße fielen. Und über den Bergkämmen verglühten. Der monotone Pfeifton der Zwergohreule erfüllte die Nacht mit bedrückender Melancholie.

Bestürzt stellte Melanie fest, dass sie auf einmal nicht mehr wusste, was sie hierher auf die Piazza getrieben hatte.

„Was geschieht hier?"

Dann fiel ihr wieder ein, warum sie auf den nächtlichen Kirchplatz gekommen war.

Sie nahm die Mappe des Pfarrers aus dem Mauerspalt. Nahm den darin enthaltenen Stoß handbeschriebener Seiten. Presste die Seiten an sich, als befürchtete sie, die Worte könnten herausfallen, die dort festgehalten waren. Und begann zu lesen.

Schon nach den ersten Seiten fing ihr Körper an sich zu verspannen. Sie wehrte sich gegen eine dunkle Ahnung, die in ihr hochkroch. Sah schaudernd um sich. Die Bilder des Grauens, das in diesen Seiten festgehalten wurde, brannten sich beim Übertragen Zeile für Zeile in sie ein. Und als sie bei der letzten Seite angekommen war, schwebten plötzlich Töne auf sie zu. An den Hügelrändern erhellte sich der Himmel.

Und jetzt sah sie ihn.

Eng an den Stamm gepresst, stand der Mann, der ihnen als Erster in diesem Bergdorf begegnet war. Er hielt einen länglichen Gegenstand vor sich hin. Eine Flöte? Hatte er mit einer Flöte diese Töne ins Schwingen gebracht?

Als Fortunato Melanie erblickte, ging er einen Schritt zurück. Stieß mit dem Rücken so heftig gegen den Stamm, dass ihm seine Flöte aus den Händen fiel und auf Melanie zurollte. Melanie bückte sich, ohne ihn aus den Augen zu lassen. Hob die Flöte auf und legte sie dem völlig verwirrten Fortunato seine offenen Handflächen.

14.

Als Emil die Treppe herunterkam, sah er wie Moses die Pensionswirtin musterte.

„Sie ist eine schöne Frau, nicht wahr?" sagte Emil.

Moses sah in gedankenverloren an und sagte:

„Sie gehört nicht zu ihnen."

„Wie kommen Sie darauf? Was unterscheidet sie denn von den anderen, außer ihrem stereotypen Lächeln?"

„Sehen Sie sie mal genau an! Ihr scharf geschnittenes Kinn. Ihre Backenknochen. Ihre blauen Augen. Das Gesicht einer *Skipetarin*."

„Eine Albanerin? Meinen Sie? Sehen so Albanerinnen aus?" fragte Emil verblüfft, „gibt es nicht auch Engländer, Franzosen oder Deutsche, die blaue Augen, vorstehende Backenknochen und ein scharf geschnittenes Kinn haben? Wie können Sie eine Albanerin in ihr erkennen?"

„Haben Sie nicht auch sofort den Juden in mir erkannt, als wir uns begegneten, Emil? „

Emil sah ihn erschrocken an.

„Nein, nein, lassen Sie nur! Ich sehe es in Ihrem Blick. Der Jude in mir spiegelt sich in Ihren Augen."

Betroffen über die unerwartete Wende des Gesprächs wandte sich Emil ab. Er spürte plötzlich, dass ihnen ihr friedliches Zwiegespräch zu entgleiten drohte.

Moses sah die Bestürzung in Emils Gesicht. Und er fragte sich: was war es, das mich an diesem Mann zu dieser Aussage provozierte.

„Verzeihen Sie! Wir sind vom Thema abgekommen. Ich wollte Sie nicht in Verlegenheit bringen. Ja. Ich bin Jude. Aber ich bin auch Deutscher. Eine bizarre Vorstellung, gleichzeitig den Verfolgern und den Verfolgten zuzugehören. Finden Sie nicht?"

Emil sah Moses befremdet an.

„Nein, nein, warten Sie! Warten Sie! Das mag nach Selbstmitleid klingen. Mein Mitleid aber gehört Ihnen, mein lieber Emil. Glauben Sie mir! Es fällt mir nicht leicht, den Deutschen in mir mit dem Juden in mir auszusöhnen. Wir versuchen uns miteinander zu arrangieren. Wie viel schlimmer aber muss es für Sie sein, ganz und gar einem Volk anzugehören, das die Menschen eines anderen Volkes auszulöschen versucht hat?"

Emil Stadler öffnete den Mund. Und schloss ihn wieder.

„Lassen wir das! Die Geschichte, oder soll ich sagen Gott, hat Ihr Volk dafür auserwählt, uns zu Märtyrern zu machen. So wie wir vor zweitausend Jahren Ihren Religionsstifter, Gottes mutmaßlichen Sohn, zum Märtyrer gemacht haben. Ich gehe mal davon aus, dass Sie im christlichen Glauben erzogen wurden. Oder wenigstens darin bewandert sind."

Sie lauschten den raschelnden Gesten, die die Stille zerschnitten.

Was ist in mich gefahren? fragte sich Moses. Warum konfrontiere ich ihn mit dem Unfassbaren, an dem er nicht beteiligt war? Und warum ereifere ich mich für den Juden als der ich mich nie wirklich empfunden habe.

„Ich schäme mich für die begangenen Gräueltaten meines Volkes," sagte Emil und hob seinen Blick, „ich schäme mich mehr, als Sie sich vorstellen können. Ich bin mir des Vorteils bewusst, ein Nachgeborener zu sein. Aber glauben Sie mir, ich sehe hier vor mir nur Moses Himmelreich. So wie ich mir wünschte, sie sähen nur Emil Stadler in mir und nicht den Nachfahren der damaligen Erbauer und Akteure der Vernichtungslager. Es beeinflusst weder mein Denken noch mein Fühlen, dass Sie Jude sind. Vor mir steht Moses Himmelreich, der in diesen unwegsamen Bergen nach Tönen sucht. Und ich sehe den, der, wie ich, in diesem Ort festsitzt. Und zu dem ich mich…" Emil schluckte, sah an Moses vorbei, „nur ihn sehe ich."

„Mag sein," sagte Moses mit gequälter Stimme, „mag sein, dass Sie das versuchen, Emil. Aber warum sehe ich ihn so deutlich, den Juden, der zwischen uns steht."

Emil trat einen Schritt zurück.

„Weil Sie ihn zwischen uns schieben, Moses. Ich kann das Unvorstellbare unserer gemeinsamen Vergangenheit nicht ungeschehen machen. Ich will es auch nicht verdrängen. Aber ich versichere Ihnen, wen ich vor mir sehe, das ist Moses Himmelreich. Den Juden, den Sie zwischen uns zu platzieren versuchen, sehe ich nicht."

Emil verlagerte sein Gewicht von einem Fuß auf den andern. Und suchte nach Worten.

„Es tut mir leid," sagte Moses, „ich weiß nicht, was in mich gefahren ist."

Sie standen sich noch eine Weile schweigend gegenüber. Suchten nach dem richtigen Wort, dem richtigen Augenblick, dieses erdrückende Schweigen zu beenden, in das ihr verfahrenes Gespräch geführt hatte.

Ich sollte den ersten Schritt machen, dachte Moses. Doch als er seinen Blick senkte, sah er den Abgrund zu seinen Füßen. Er erschauerte vor der schwindelnden Tiefe. Und hoffte, Emil würde vielleicht den Schritt über den Abgrund wagen, der sie voneinander trennte. Und den er selbst zu überschreiten nicht in der Lage war.

Doch Emil sah keinen Abgrund, den es zu überwinden galt.

„Wir verletzen uns mit Worten, die wir nicht meinen. Während jene dort verschweigen, was sie uns zu sagen hätten," sagte Emil verstört.

„Fall sie uns denn was zu sagen hätten," sagte Moses, dankbar für Emils Versuch, sie aus der Sackgasse herauszuführen, in die sie durch seine Schuld hineingeraten waren.

„Womit wir wieder beim Ausgangspunkt angekommen sind: was hat die Einwohner eines ganzen Dorfes zum Verstummen gebracht?" sagte Emil.

„Falls sie nicht doch der kollektiven Verblödung anheimgefallen sind."

„Mit Ausnahme der Albanerin," fügte Emil hinzu.

„Der vermeintlichen Albanerin," sagte Moses.

Sie lachten. Aber ihr Lachen klang wie das Scheppern von Gefäßen ohne Inhalt.

Verstört und verunsichert verließen sie die Piazza in verschiedene Richtungen.

15.

Als Emil am nächsten Morgen eine Hand durch die verschwitzte Bettdecke schob, um, wie gewohnt, nach Melanies Kopf zu tasten, fassten seine Finger ins Leere. Ihre allnächtliche Abwesenheit hatte ihn nicht beunruhigt. Er hatte sich daran gewöhnt, dass Melanie ihre eigenen Wege ging. Und machte sich keine Gedanken darüber, wenn sie nachts das Bett verließ und erst früh am Morgen wieder zurückkam. Doch dass sie nun auch beim morgendlichen Erwachen nicht neben ihm lag, erschreckte ihn.

Er schlängelte sich durch die Reihen der Dorfbewohner, die wie jeden Morgen in den engen Gassen herumhüpften.

Er traf Moses vor dem *alimentari*.

„Melanie ist weg."

Moses betrachtete den zerzausten Mann, der in offenem Hemd und halbzugeknöpfter Hose vor ihm stand.

„Was heißt, sie ist weg?"

„Sie lag nicht neben mir, als ich erwachte," rief Emil außer sich.

„Sie wird früh aufgestanden sein, um die Kühle des Morgens zu genießen," versuchte ihn Moses zu beruhigen.

„Melanie genießt die Morgenkühle nicht. Melanie ist ein Nachtmensch. Zu Hause zieht sie nachts mit ihren Freundinnen um die Häuser. Morgens ist sie dann nicht aus dem Bett zu kriegen. Vermutlich läuft sie auch hier nachts durch die Gassen. Oder sie sitzt auf dem Kirchplatz und beobachtet das Gestenspiel der Einheimischen."

Moses sah an Emil vorbei.

„Ich habe mich daran gewöhnt, dass sie nachts oft das Bett verlässt. Ich weiß nicht, was sie umtreibt. Und wenn sie es mir nicht sagt, will ich es auch nicht wissen. Vielleicht ist sie Schlafwandlerin und weiß es selber nicht. Aber sie liegt seit über zwanzig Jahren jeden Morgen neben mir, wenn ich erwache. Und heute früh war ihr Kopfkissen plötzlich leer."

„Dieser verhexte Ort! Zuerst diese Mappe. Und jetzt meine Frau."

„Es wird sich aufklären, Emil," versuchte Moses Emil zu beschwichtigen, „doch, wenn Sie wollen, rufe ich bei der Polizeidienststelle in *Logaiolo* an."

„Sicher. So wie sich der Verlust der Mappe aufgeklärt hat", sagte Emil, „dieser Ort lässt nach und nach alles verschwinden, während wir hier herumlungern. Und nichts dagegen tun."

„Was sollen wir denn tun? Ohne den Bus kommen wir nicht weg von hier. Ich rufe gerne für Sie in *Logaiolo* an. Seien Sie unbesorgt! Ein Mensch verschwindet nicht einfach so."

„Ich frage mich langsam, ob hinter diesen Wäldern überhaupt noch etwas existiert. Aber ich will gerne Melanies Mobiltelefon holen, wenn Sie die Polizei anrufen wollen. Es liegt auf ihrem Nachtkästchen."

Es befand sich noch etwas Guthaben auf Melanies Telefon. Es dauerte, bis eine Verbindung mit *Logaiolo* zustande kam. Dann bellte es „*carabinieri Logaiolo*" aus dem Hörer.

16.

„*Madonna impestata!* Wir sind nicht zuständig!" schrie Gaetano, der Polizeichef von *Logaiolo*, gegen das über ihm hängende Bild des derzeitigen Staatspräsidenten, nachdem er den Hörer aufgelegt hatte. Dann wählte er die Nummer seines Kollegen in Mattarella.

„Der Deutsche scheint nach wie vor zu glauben, wir seien die zuständige Dienststelle."

„Ja, das scheint mir auch so," kommentierte Carmelo.

„Wir sind es aber nicht, wie du weißt, *caro mio*."

„Aber die Touristen dort wissen das offenbar nicht."

Stille im Hörer.

„Es verschwindet ein bisschen zu viel in diesem Ort. Findest du nicht auch? Zuerst die Sprache. Dann die ominöse Mappe dieses Touristen. Und jetzt auch noch seine Ehefrau. Da muss es doch einen Zusammenhang geben, Gaetano."

Gaetano grunzte.

Zusammenhänge waren nicht seine Sache.

„Du sagtest eben *der* Deutsche. Letztes Mal sprachst du von einer Anruferin?"

„Sie ist es, die verschwunden ist, Carmelo. Soll sie ihr eigenes Verschwinden bei uns melden?"

„Halt den Hörer weiter von dir weg, das kratzt ja fürchterlich!"

Carmelo kannte Gaetanos Angewohnheit, mit den Bartstoppeln über die Sprechmuschel zu schaben.

„Wie dem auch sei, Gaetanino, warum hast du dem Deutschen nicht unsere Nummer gegeben? Dann würde er dich nicht weiter belästigen."

„Als es mir einfiel, hatte er bereits aufgelegt."

„Dann ruf du ihn an und sag's ihm!"

Gaetano stöhnte.

„In *Chiacchierata* gibt es keinen Telefonanschluss."

„Klar, wozu auch?" lachte Carmelo, „von wo aus hat der Deutsche dann angerufen?"

„Na, von wo aus schon? Von einem Mobiltelefon."

„Dann ruf ihn auf seinem Mobiltelefon an!"

„*Madonna!* Woher soll ich denn seine Nummer kennen?"

„Ich sehe, Gaetanino, du hast alles Menschenmögliche getan," fasste Carmelo zusammen, „ich schlage dir noch einmal vor, abzuwarten, bis sich die Angelegenheit von selbst löst."

„Wie du meinst, Carmelo. Ich faxe dir diese Verlustanzeigen zu. Irgendwann wirst du was unternehmen müssen."

Ich erinnere dich noch einmal, dass die Angelegenheit in deinen Zuständigkeitsbereich fällt. Eine Mappe mit einem mutmaßlichen Dokument ist eine Sache. Eine Ehefrau ist eine andere."

17.

Die Reisenden nahmen Melanies Verschwinden ohne Interesse zur Kenntnis. Bis wenige Tage nach Moses' Anruf erneut der Dienstwagen der *carabinieri* durch den Torbogen raste. Und mit jaulender Sirene auf dem Kirchplatz zum Stehen kam.

Es war dasselbe Trio. Und es verlief alles wie beim ersten Mal.

Der vermutlich ranghöhere Polizist ging wieder auf die Gruppe der Reisenden zu. Rief nach dem Italienisch Sprechenden unter ihnen.

„Was haben sie gesagt?" erkundigte sich Emil, der neben Moses stand.

„Sie wollen nun auch die Ausweise von allen einsammeln," verkündete Moses und hob entschuldigend seine Schultern.

„Die Ausweise? Was soll das denn bringen?"

„Niemand dürfe den Ort verlassen, bis die verlorenen Gegenstände wiederaufgetaucht seien."

„Gegenstände?" ereiferte sich Emil, „meine Frau ist kein Gegenstand."

„Es liegt wohl an meiner unkorrekten Übersetzung," versuchte ihn Moses zu beruhigen.

Die beiden anderen *carabinieri* sammelten die Ausweise der Touristen ein. Verstauten sie in einer Plastiktüte und verknoteten sie.

„Die behandeln uns wie Verbrecher," bellte Herr Moser, den das neuerliche Erscheinen der Polizisten aus seiner Apathie weckte.

„*Cos' ha detto il* Signore?" fragte der *carabiniere*.

„Der *carabiniere* würde gerne wissen, was Sie gesagt haben," wandte sich Moses an den Busfahrer.

„Dann sagen Sie's ihm doch! Und sagen Sie ihm auch gleich, dass ich der Meinung bin, dass er seine Machtbefugnisse überschreitet. Glaubt er allen Ernstes, unsere Reisegruppe klaut sich gegenseitig ihre Mappen und ihre Ehefrauen?"

„Möchten Sie, dass ich das übersetze?"

Der Busfahrer winkte ab und raunzte:

„Das sind ja Mafiamethoden!"

„*Che cosa stava dicendo?* Was haben Sie da ebengesagt?" fragte der *carabiniere*, trat auf den Busfahrer zu. Maß ihn von oben bis unten. Kratzte mit dem Profil seiner Schuhsohlen über die abgewetzten Kanten der Steinplatten. Und bewegte beinahe lautlos seine Lippen.

„Der *carabiniere* rät Ihnen, in Ihrer Wortwahl vorsichtiger zu sein. Und sich künftig zu überlegen, was sie wann wem wo sagen," übersetzte Moses.

„Ich werde mich bei der Botschaft beschweren!" rief der Busfahrer, nachdem der schwarzrote Alfa *Chiacchierata* verlassen hatte.

„Tun Sie das," sagte Moses, wandte sich um und ging zur Pension zurück.

Die Reisenden schlurften hinter ihm her und verteilten sich auf ihre Zimmer.

Moses lag schwitzend in sein Bettlaken gehüllt. Lauschte den Mücken, die um ihn herumsirrten. Mit ihnen kreisten auch seine Gedanken.

Ihm schien, als habe er sein ganzes Leben an diesem aus der Zeit gefallenen Ort zugebracht. Warum gelang es ihm nicht, seine Erinnerungen über *Logaiolo* hinaus zu verfolgen? Warum war Emils Frau verschwunden? Und wohin? Hatte ihr Verschwinden etwas mit dem verschwundenen Dokument zu tun?

Und während vor sich hin grübelte, waren sie plötzlich wieder da. Die Töne! Die ihn in diese Wildnis getrieben hatten. Für die er Karriere und Familie aufgegeben hatte. Die Töne, die er auf dieser Reise wieder zu finden hoffte. Sie hallten über die Dächer der Häuser zu ihm herauf.

Moses riss das Laken hoch, vergaß die über ihn herfallenden Mücken. Rannte zum Fenster. Doch als er in die mondlose Nacht hinauslauschte, hörte er nur die immer gleichen Rufe der Zwergohreulen.

Er hatte sich wohl getäuscht.

Er schlüpfte in Hemd und Hose. Und verließ sein Zimmer.

Am Treppenabsatz stieß er auf Emil, der vergeblich versuchte, Kontakt mit der Pensionswirtin aufzunehmen.

„Es geht etwas Bezauberndes von ihr aus, nicht wahr?" sagte Moses.

„Ich weiß nicht," sagte Emil unwillig, „sie lächelt und lächelt. Wenn Sie das meinen?"

„Ja, leer und gleichzeitig voller Versprechungen. Was wird sie wohl in diesen trostlosen Ort verschlagen haben?"

„Das, was überall auf dieser Erde Menschen dazu veranlasst, aus ihrer Heimat zu fliehen. Armut und Unterdrückung. Und die Hoffnung, dass es woanders besser sein könnte. Vermutlich ist sie eine der vielen Verzweifelten, die damals aus Albanien geflohen sind, um in Freiheit zu sein."

„Sie halten also daran fest, dass sie Albanerin ist?"
Moses hob die Schultern.

„Ich halte es für wahrscheinlich. Jedenfalls stammt sie nicht von hier. Da bin ich mir sicher."

„Obwohl sie schweigt, wie alle anderen hier?"

„Sie verhält sich solidarisch gegenüber denen, die sie aufgenommen haben."

„Dann sagen Sie ihr, dass Albanien inzwischen ein freies Land ist. Sie scheinen sich ja gut mit ihr zu verständigen. Möglicherweise ist diese Nachricht noch nicht bis hierher vorgedrungen. *Albania libera*," sagte Emil, „so oder so ähnlich heißt es doch wohl auf Italienisch? Sagen Sie ihr das!"

Und als er sich selbst an die Wirtin wenden wollte, polterte Herr Moser mit einer der Reisenden die Treppen herunter.

„Ich sehe, Sie können sich nicht einig werden, meine Herren," sagte er grinsend. Und ließ seinen Blick über die Pensionswirtin gleiten.

Und weil Moses und Emil sich überrascht zu ihm umgedreht hatten, sahen sie das Zucken nicht, das durch das Gesicht der Pensionswirtin lief, während sie den Busfahrer und seine Begleiterin in den Speiseraum führte. Sie sahen auch nicht, wie sich ihr Blick nach innen wandte. Und das Lächeln aus ihrem Gesicht verschwand. Als hätte es dieses Lächeln nie gegeben.

18.

Die Pensionswirtin kam nicht wieder zurück.

Die Reisenden begriffen, dass sie nun nicht mehr versorgt würden. Nahmen es, wie alles andere, ohne zu murren hin. Zwar ließ die diese Veränderung im gleichmäßigen Dahinfließen der Tage kurz innehalten. Sie erinnerten sich, dass dies nicht der Ort war, an den sie hingehörten. Doch der kurze Impuls, sich an etwas entsinnen zu müssen, das einst ihr Leben ausgemacht hatte, hielt nicht lange an. Noch ehe er sich zu einem konkreten Gedanken zu formen vermochte, hatten sie ihn schon wieder vergessen.

Sie verschanzten sich in der nun führungslosen Pension, wie in einem von Feindesland umgebenen Botschaftsgebäude. Das unheimliche Schweigen hatte sich inzwischen auch bei ihnen eingenistet.

Am frühen Vormittag marschierten sie gemeinsam zum *alimentari*. Und bei Beginn der Dämmerung schlenderten zur Piazza hoch. Um interesselos auf das Bewegungsspektakel der Einheimischen zu stieren. Die Tage flossen dahin. Jeder einzelne war wie die Kopie des vorausgegangenen.

Und während die Reisenden immer mehr in Lethargie versanken, begannen sich Moses und Emil in die umfassende Stille des Ortes einzuleben. Und ließen sich vom ereignislosen Dahinfließen der Stunden tragen.

Nachdem sie sich eine Weile aus dem Weg gegangen waren, fingen sie wieder an, sich zu suchen. Wann immer einer von ihnen auf dem Platz erschien, hielt er scheu Ausschau nach dem anderen. Sie taten, als begegneten sie sich zufällig. Kreisten solange um sich herum, bis einer vom anderen bemerkt wurde. Als bangten sie, der dünne Faden ihrer wieder aufkeimenden Nähe zueinander würde reißen, wenn sie eine vorschnelle Begegnung herbeiführten.

Stundenlang kauerten sie in angemessenem Abstand zueinander im Baumschatten. Beobachteten das Pantomimenspiel der Einwohner. Und fühlten sich im gemeinsamen Abgesondertsein miteinander verbunden.

Moses spürte, dass Emil seine Gegenwart suchte.

Es gab Augenblicke, da fühlten sich beide so nah, dass sie sich zu berühren wünschten. Um dem Gleichklang ihrer zueinander schwingenden Seelen auch körperlich Ausdruck zu verleihen.

Dann, eines Abends, brach Moses das Schweigen.

„Es kommt mir vor, wie auf einer dieser Partys, alle schnattern, aber keiner hört dem anderen zu."

„Jeder für sich in seiner eigenen Welt", ergänzte Emil.

„Und doch ist es die Party, die alles zusammenhält," sagte Moses, „wie die blank polierte Fläche beim Autoskooter, auf der die Wagen aneinanderprallen."

Emil freute sich, dass sie wieder in ein Gespräch gefunden hatten.

„Ist es da nicht ein wunderbarer Zufall, dass wir beide uns abseits des allgemeinen Weltgeplappers auf dieser Insel des Schweigens begegnet sind?"

„Schweigen? Diese Leute schweigen nicht, Emil. Auch sie plappern. Nur, dass sie es ohne ihre Stimmen tun. Und diese für uns unverständliche Art des Kommunizierens trennt uns von ihnen."

Er hielt einen Augenblick inne.

Das Gegensätzliche in ihnen, das im Verborgenen geschwelt hatte, brach unerwartet hervor.

Und stellte sich zwischen sie.

„So wie uns unsere jeweilige Vergangenheit voneinander trennt"

Emil sah Moses erschrocken an.

„Was trennt uns? Von welcher Vergangenheit sprechen Sie, Moses?"

„Ich spreche von unserer unterschiedlichen Vergangenheit. Sie wirft einen Abgrund zwischen uns auf. Wenn wir auch noch so lange tun, als gäbe es ihn nicht, wir werden es nicht schaffen, ihn zu überqueren."

Emil sah betroffen um sich herum.

„Welcher Abgrund?"

„Der Jude, Emil!" platzte es aus Moses heraus, „der Jude, der sich in ihren Augen spiegelt."

Emil wich enttäuscht zurück.

„Oh mein Gott, Moses! Warum kommen Sie jetzt wieder auf den Juden in Ihnen zurück? Wir spiegeln uns doch alle im anderen. Das hilft uns, mehr von uns selbst zu erkennen. Das trennt uns doch nicht. Das, was Sie in meinen Augen zu sehen glauben, ist das, was Sie vor sich selbst zu verbergen versuchen. Ja, ich gebe zu, als ich Ihren Namen hörte, dachte ich, aha, ein Jude. So wie ich, aha, ein Chinese gedacht hätte, wenn Sie sich als *Wang Quiang* vorgestellt hätten. Glauben Sie mir, Moses, ich sehe den Juden nicht, der Sie auf so verhängnisvolle Weise besetzt zu halten scheint, dass Sie ihn in meinen Augen zu sehen glauben."

Emil atmete einige Male tief ein und aus.

„Ich versuche zu verstehen, dass Sie sich als Deutscher und Jude in zwei Teile zerrissen fühlen. Aber ich bedauere es, dass der Deutsche in mir Sie offenbar auf den Juden in Ihnen hinweist. Und ehrlich gesagt verstehe ich es auch nicht."

Moses blickte über die Piazza und beobachtete die Verrenkungen der Einheimischen. Jetzt beneidete er sie, dass es die zerstörerische Kraft ausgesprochener Worte zwischen ihnen nicht gab. Sein Versuch, die Schweigemauer zu durchbrechen, hatte eine neue Mauer zwischen Emil und ihm aufgebaut.

„Es tut mir leid, Emil, aber der Jude in mir scheint mit dem Deutschen in mir unvereinbar zu sein," hörte sich Moses sagen, „und ich kann weder den einen, noch den anderen aus mir vertreiben."

„Das müssen Sie doch gar nicht, mein lieber Moses. Lassen Sie die beiden friedlich in Ihnen wohnen! Wenn Sie den Deutschen in Ihnen in mich hineinprojizieren, bleibt in Ihnen nur noch der Jude übrig! Der sich dann gegen mich stellt."

Moses blickte über Emil hinweg.

„Woher kann ich wissen, ob es der Jude oder der Deutsche in mir ist, der Ihnen zuhört? Und umgekehrt, ob Sie den Juden oder den Deutschen in mir meinen, wenn Sie mit mir reden?"

Emil wich einen weiteren Schritt zurück, als befürchtete nun auch er in die imaginäre Kluft zu stürzen, die Moses zwischen ihnen aufzureißen versuchte.

Moses wandte sich jäh ab. Und verließ den Kirchplatz.

Teil 3

1.

Am frühen Morgen des ersten Oktobertages kam Melanie zurück.

Sie schritt entschlossen durch den Torbogen. Ließ ihren Blick über die Piazza schweifen. Ging dann auf das Kirchenportal zu. Und zog einen Flügel auf.

Als sie das über dem Altar hängende Kreuz erreichte, hielt sie inne. Schaute sich mehrmals um. Und ging auf die Sakristei zu.

„*Buongiorno,* Monsignore!"

Don Graziano schien nicht überrascht, als er die Deutsche plötzlich vor sich stehen sah. Statt auf ihren Gruß zu antworten, kontrollierte er den Boden unter seinen Füßen. Als wolle er sich versichern, dass er sie beide trüge.

„Ich habe Sie aufgesucht, um Ihre Zustimmung zu erbitten, Ihre Aufzeichnungen auf dem Dorfplatz vorzulesen."

Die wuchtige Gestalt stand unbewegt vor ihr.

„Ich weiß, Sie haben das Dokument nicht mir ausgehändigt."

Don Graziano schaute immer noch auf die unregelmäßig gelegten Steinplatten.

„Ich habe mich natürlich gefragt, was Sie dazu bewogen hat, es meinem Mann zu übergeben."

Der enge Raum schimmerte im flackernden Licht unzähliger Grablichter.

„Es ist erschütternd, was Sie auf diesen Seiten festgehalten haben."

Don Graziano hob langsam seinen Blick. Betrachtete Melanie ohne erkennbaren Ausdruck. Sah dann durch die offene Tür der Sakristei zum Altar.

Melanie wartete darauf, dass er seinen Block aus seinem Kittel zog und ihr seine Antwort aufschrieb. Doch als sie schon dachte, er habe vergessen, dass sie neben ihm stand, hob der Pfarrer plötzlich seine beiden Handflächen nach oben. Räusperte sich mehrmals, sagte dann mit brüchiger Stimme:

„*Ormai è passato.*"

Er räusperte sich wieder.

„Es gehört der Vergangenheit an, Signora."

Seine seit langem nicht mehr benutzte Stimme stolperte brüchig aus ihm hervor und wurde vom Kreuzgewölbe der Sakristei zurückgeworfen.

Melanie zuckte zusammen.

„Sie sprechen, Monsignore?"

Als habe ihn seine eigene Stimme erschreckt, stieß Don Graziano die Tür auf, eilte ohne sich zu bekreuzigen am Altar vorbei, ging mit weit ausholenden Schritten auf das Kirchenportal zu. Drückte mit einer Schulter dagegen. Trat auf die Piazza. Und deutete auf die gestikulierenden Einwohner.

„*Guardi*, Signora! Schauen Sie sie an! "

Sein massiger Kopf bebte bei jedem Wort, das er aus sich heraushustete. Die schlohweißen Haare büschelten sich auf der mit Schuppen übersäten schwarzen Kutte. Noch war die Sonne nicht über den Hügelkämmen aufgetaucht. Der Himmel wölbte sich blaugolden über die Dächer.

„Diese Leute glauben, dass sie schweigen. "

„Tun sie denn das nicht?" fragte Melanie irritiert.

„Es war vor etwa einem Jahr, an einem Sonntag im August - "

Wieder räusperte sich Don Graziano. Er hatte seine Stimme noch nicht wieder in der Gewalt.

„Es gab keinen erkennbaren Anlass. Ich erinnere mich nur, dass es ein ungewöhnlich heißer Tag war."

Die Einwohner hatten den Pfarrer entdeckt. Verbeugten sich kurz. Gestikulierten dann weiter.

„Es geschah während meiner Messe. Und es schien in uns allen gleichzeitig zu geschehen. Etwas ließ uns alle plötzlich verstummen. Das gesamte Dorf. Der Entschluss schien aus dem Nichts heranzuwehen. Und noch ehe wir uns darüber klarzuwerden vermochten, hatte er sich bereits in uns vollzogen. Seit jenem Sonntagmorgen hat keiner mehr von uns ein Wort gesprochen."

Don Graziano horchte seiner Stimme argwöhnisch hinterher. Sie war ihm fremd geworden.

„Ich weiß nicht, warum und woher dieses Schweigen über uns kam. Zuerst dachte ich, es sei von Gott gesandt. Damit wir aufhörten zu reden, ohne etwas zu sagen. Aber schauen Sie sie an! Sie benutzen zwar keine Worte mehr. Aber sie reden mehr als je zuvor."

„Ja, wenn man sieht, wie sie herumwirbeln, scheinen sie sich unendlich viel zu sagen zu haben."

„Sie irren, Signora. Das ist es ja eben. Sie haben sich nichts zu sagen. Sie reden nur."

„Und Sie, Monsignore? Was veranlasst Sie, plötzlich wieder zu sprechen?"

Einen Augenblick lang schien es Melanie, als würde der Pfarrer in Abwesenheit versinken. Dann schüttelte er seinen Kopf.

„Dieses Schweigen ist uns nicht von Gott gesandt worden."

Don Graziano wandte sich ab.

Melanie folgte seinem Blick. Gemeinsam sahen sie dem wachsenden Tageslicht entgegen. Vögel fingen an, von allen Seiten auf *Chiacchierata* einzusingen. Bald würde sich der Chor der Zikaden dazugesellen.

„Warum wollen Sie meine Aufzeichnungen vorlesen, Signora?"

„Warum haben Sie sie meinem Mann ausgehändigt?" fragte Melanie zurück.

„Ich weiß es nicht, Signora."

„Oh doch! Sie wissen es sehr wohl. Sie wollen, dass die Welt davon erfährt, Monsignore."

„Die Welt, Signora? Die Welt interessiert sich nicht für uns. Sie hat sich damals nicht für uns interessiert. Sie interessiert sich auch jetzt nicht für uns. Ich dachte damals, wenn ich es aufschreibe, kann ich mich von den Bildern befreien, die mich seither nicht mehr loslassen."

Immer mehr Vögel erschienen am Himmel. Fanden sich in Scharen zusammen. Um dann zwitschernd wieder auseinanderzufliegen.

„Ich habe mich geirrt. Die Bilder ließen sich nicht in den Tabernakel sperren. Sie lebten in mir weiter."

„Und diese Bilder wollten Sie jetzt an meinen Mann weitergeben? Warum?"

Don Graziano sah sie erschrocken an und wühlte mit seinen Händen in den Falten seines Kittels.

Der Sonnenball tauchte hinter den bewaldeten Hügelkämmen auf. Stieg schnell höher und warf warmes Gold auf die Kirchenwand. Wenige Minuten später hatte das Licht die Dächer der höher liegenden Häuser erreicht. Und die ersten Zikaden fingen an, ihre Beine zu wetzen.

„Ja, Ihr Mann kam auf mich zu. Und ich habe ihm meine Aufzeichnungen gegeben, damit sie aus diesem Ort verschwänden. Das mag Ihnen kindlich erscheinen, Signora. Und das ist es wohl auch. So als würde man seine Augen schließen, um nicht gesehen zu werden."

„Nein, Monsignore. Sie verstecken Ihre wahre Absicht hinter vorgespielter Naivität. Auch wenn sich vermutlich nicht viele Fremde in diesen Ort verirren, wir waren sicher nicht die ersten. Sie hätten diese Aufzeichnungen auch einem anderen geben, oder nur einfach verbrennen können. Sie haben sie aber Emil, meinem Mann, gegeben."

Die Sonnenstrahlen hatten den Boden der Piazza erreicht.

„Mein Mann kann diese Aufzeichnungen aber nicht lesen. Er beherrscht Ihre Sprache nicht. Deshalb habe ich mich bemüht, sie für ihn zu übersetzen. Und ich werde sie meinen Mann hier an diesen Ort im Beisein der ganzen Reisegruppe vorlesen!"

„Warum wollen Sie die alten Schrecken noch einmal auf diesen Ort herabbeschwören?"

„Ich führte nur zu Ende, was Sie eingeleitet haben, Monsignore. Es sollten alle erfahren, was Sie auf diesen Seiten festgehalten haben. Das wollten Sie doch?"

„Sie sind eine beharrliche Frau, Signora" sagte Don Graziano, „*sì*, ich hätte meine Aufzeichnungen vernichten sollen. Es ist nicht gut, in altem Leid zu wühlen."

Don Graziano wankte auf seine Kirche zu.

Als er das Eingangsportal erreicht hatte, drehte er sich noch einmal um.

„Ja, lesen Sie es ihnen vor, Signora," sagte er mit müder Stimme, „sie werden es nicht verstehen. Und wenn sie verstehen, werden sie es nicht glauben."

2.

Die Reisenden sahen nur kurz auf, als Melanie auf der Piazza erschien. Fielen dann wieder in den Trott zurück, der sie durch die Tage trug. Was sie einst mit Interesse angefüllt hatte, war aus ihnen herausgeronnen.

„Da bist du ja wieder," war alles, was Emil einfiel, als Melanie vor der Pension auftauchte.

„Ja," sagte Melanie, „da bin ich wieder."

Sie sahen aneinander vorbei. Und suchten nach Worten.

„Sag nicht, dass du mich vermisst hast!"

Habe ich sie vermisst? fragte sich Emil und musterte Melanie.

„Ich war mit Fortunato weg," sagte Melanie.

„Fortunato?"

„Der taubstumme Flötenspieler."

Emil wies mit dem Kinn auf die in Grüppchen erscheinenden Einheimischen.

„Ah ja? Welcher von all den taubstummen Flötenspielern hier?"

„Nur Fortunato spielt Flöte. Und nur er ist taub und stumm."

„Interessant," sagte Emil.

„Die andern können reden."

„Reden aber nicht."

„Nein, sie reden nicht", sagte Melanie.

„Und dein Flötenspieler?"

„Redet auch nicht. Wie das bei Taubstummen eben so ist."

„Irgendwie werdet ihr euch wohl verständigt haben."

„Ja, irgendwie. Du kennst ihn übrigens, er ist uns als Erster begegnet, als wir in diesen Ort kamen. Erinnerst du dich?"

„Der Debile?"

„Er ist nicht debil," sagte Melanie, „er ist nur taub und stumm."

„Kannst du dir vorstellen, dass er gar nicht hört, was er spielt?" sagte Melanie nach einer Weile.

„Das tust du nun für ihn, nicht wahr? Du bietest dich als Ohr für seine Töne an," sagte Emil.

So wie ich mich für deinen Ärger über deine Dramenfiguren anbiete, dachte Melanie. Ihr Blick blieb an den Kuppen der Hügel hängen, die das Bergdorf umschlossen.

„Früher hat er auf der Piazza gespielt."

„Ah ja. Und woher weißt du das?"

„Er hat es mir erzählt," sagte Melanie.

„Der Taubstumme?"

„Mit Gesten natürlich."

„Natürlich."

Warum höre ich ihr eigentlich immer noch zu? Dachte Emil.

„Seine Flötentöne sind wie von einer anderen Welt."

„Die auf dieser Welt hier zu spielen wohl unter seiner Würde ist."

„Würde?" sagte Melanie, „mit Würde hat das nichts zu tun."

„Und warum spielt er dann nicht mehr auf der Piazza?"

„Es höre ihm keiner mehr zu."

„Sagt der Taubstumme."

„Mit Gesten natürlich."

„Kompliment! Du scheinst die Gestensprache dieser Leute schnell erlernt zu haben. Und nun spielt dieser Flötenspieler nur noch für dich, diese Töne von einer anderen Welt?"

Ich habe ihn verletzt, wunderte sich Melanie, ich habe nicht gedacht, dass mir das gelingen würde. Dabei wollte ich es gar nicht.

„Es befand sich übrigens tatsächlich ein Dokument in der Mappe."

„Welche Mappe?"

„Die Mappe, Emil! Du wirst sie doch nicht vergessen haben? Ich habe dir nachspioniert. Als du eingeschlafen warst, habe ich die Mappe an mich genommen."

„Du hast was?"

Emil beäugte seine Frau, als sei auch sie ein Wesen aus einer anderen Welt.

Ist sie es, neben der ich all die Jahre allmorgendlich aufgewacht bin?

„Ich hatte da so eine Ahnung."

„Eine Ahnung? Was für eine Ahnung denn?"

Melanie baute sich vor ihm auf.

„Ich werde dieses Dokument im Beisein aller vorlesen."

Emil kannte diese Entschlossenheit in ihrer Stimme, mit der sie zu überspielen versucht, dass sie noch nicht sicher ist, ob sie tun sollte, was sie zu tun ankündigt.

Emil umrundete seine Frau wie ein Denkmal, das nicht hierhergehörte.

„Vorlesen? Im Beisein aller? Wen interessiert das Dokument dieses Pfarrers? Melanie, ich weiß nicht, was in diesem Dokument steht. Ich weiß nicht, warum du meintest, es mir entwenden zu müssen. Und vor allem weiß ich nicht, warum du mit dem Dokument und diesem Flötenspieler verschwinden musstest? Ist dir bewusst, dass wir deinetwegen seit Wochen hier festsitzen?"

„Weil du darauf bestanden hast, dass ich die Polizei einschalte, Emil."

Emil hob beide Arme, als wollte er Melanie an den Schultern packen. Ließ dann seine Hände wieder sinken.

„Du wusstest doch, wer das Dokument entwendet hat, Melanie."

„Ich wollte Gewissheit haben," sagte Melanie.

„Gewissheit? Worüber?"

„Ich weiß es nicht. Etwas in mir drängte mich dazu."

„Und das wolltest du mit dem Flötenspieler herausfinden?"

„Fortunato hat nichts damit zu tun. Ich bin ihm zufällig begegnet. Er stand unter dem Baum und blies Töne, die ich so noch nie gehört habe."

„Und dann bist du hinter seinen Tönen hergegangen."

„Ach, Emil, ich weiß, ich habe dich verletzt. Und euch alle hier in Schwierigkeiten gebracht. Aber glaub mir, es war nichts mit Fortunato. Es war sein Flötenspiel, das mich faszinierte."

„Und? Haben dir seine Töne dazu verholfen, die Gewissheit zu bekommen, nach der du gesucht hast?"

Melanie zögerte. Sah Emil lange an.

„Hör bitte auf, um mich herum zu traben," sagte Melanie und versuchte seinen Blick einzufangen, „du hattest übrigens recht mit deiner damaligen Vermutung. Es ist eine Art Testament, das sich in der Mappe befand."

„Das du nun in der Eigenschaft des Notars dieses Bergdorfes zu verlesen gedenkst?"

„Ja, spotte du nur! Ich habe lange darüber nachgedacht. Ja, ich muss es, und ich werde es tun."

Emil hob die Schultern.

„Frühstück wie immer?" fragte Melanie.

„Unsere lächelnde Wirtin ist weg. Kurz nachdem du verschwunden bist, ist auch sie verschwunden."

„Wie bitte?"

„Wie du siehst. Allgemeines Verschwinden."

„Es scheint allerdings, dass auch manches wieder auftaucht."

„Und? Wie geht's jetzt weiter?"

„Selbstverpflegung."

"Alles klar. Wenigstens gibt es einen *alimentari* in diesem Ort. Oder ist der Krämer auch verschwunden? Ich hatte schon befürchtet, ihr wärt ohne mich abgefahren," fügte Melanie hinzu.

„Wie denn?"

„Ach ja, der Schlüssel! Hat denn der Moser keinen Reserveschlüssel für seinen Bus?"

„Schlimmer noch. Nachdem du verschwunden warst, haben die *carabinieri* auch unsere Ausweise eingesammelt."

Melanie fuhr herum.

„Du hast schon richtig verstanden, Melanie."

„Und ihr lasst euch einfach die Ausweise abnehmen?"

„Sie rückten mit baumelnden Maschinenpistolen hier an."

Melanie schüttelte den Kopf.

„Ihr hättet die Botschaft verständigen können, Emil."

„Verständigen? Womit? Wie du weißt, gibt es keinen Telefonanschluss in diesem Bergdorf."

„Und mein Handy? Ich hatte es in der Pension liegen gelassen."

„Das Guthaben ist aufgebraucht."

„Na wunderbar. Und jetzt?"

147

„Wir können uns durch das Dickicht der Wälder pirschen, um uns bei eben der Polizeidienststelle zu beschweren, die für unser Festsitzen verantwortlich ist, das du mit deinem Handeln provoziert hast."

„Nicht witzig, Emil. Was ist mit der Außenwelt?"

„Welche Außenwelt?"

„Unsere Mitreisenden sind doch wohl nicht alle so kontaktarm wie wir beide? Es muss doch Verwandte, Kinder, Freunde geben, die sie vermissen?"

„Mag sein. Aber wie bitte sollte uns hier jemand erreichen?"

Melanie nickte.

„Ja. Abenteuerreise durch die Apenninen. Auf abgelegenen Routen. Der Moser hat sein Versprechen gehalten."

Als Moses Himmelreich Minuten später die Pension betrat, sah er Melanie die Treppe hochsteigen.

Und es schien ihm plötzlich, als hätte er alles, was er sah, schon einmal gesehen. Alles, was er erlebte, schon einmal erlebt. Wie ein immer wieder geträumter Traum, hinter dessen Schleier weitere Träume darauf warteten, geträumt zu werden. Und auf dem Grund dieser Träume lagerte sein abgelegtes Leben. Das immer schwächer werdende Signale an ihn aussandte.

3.

„Hast du sowas schon mal gesehen, Carmelo?" sagte Gaetano und zuckte mit dem Kinn in Richtung Kirchplatz.

„Wie in einem Gruselfilm," bestätigte Carmelo.

Der Polizeichef von *Logaiolo* hatte seinen Kollegen aus Mattarella auf eine Spritztour nach *Chiacchierata* mitgenommen. Damit er sich selbst ein Bild von der Lage machte. Jetzt lehnten beide an der Kirchmauer. Betrachteten die hüpfenden und gestikulierenden Einwohner auf der einen und die eng zusammengerückte Gruppe der Reisenden auf der anderen Seite der Piazza.

Plötzlich entfernte sich einer von der Gruppe und ging auf die beiden Polizeichefs zu.

Erst als er die beiden Polizeichefs erreicht hatte, wurde Emil bewusst, dass er sich nicht verständigen konnte. Und er drehte sich um.

„Melanie! Moses! So kommt doch mal her!"

„*Cos'hai,* Gaetanino?" sagte der Polizeichef von Mattarella, „was hast du denn, Gaetano. Der spricht doch!"

„*Egli non è un abitante, Carmelo! È uno degli stranieri!* Es ist einer der Touristen," sagte Carmelo und wandte sich der Reisegruppe zu.

„*Dov'è il Signore, che parla nostra lingua,* wo ist der Herr, der unsere Sprache spricht?"

Moses bewegte sich mit kleinen Schritten über die leere Fläche zwischen den Einheimischen und den Reisenden.

„*Buongiorno, comandante.*"

„*Buongiorno a Lei,* auch Ihnen einen guten Tag, Signore," antwortete Gaetano, rieb sich seinen Nacken und schaute auf die im Abendlicht leuchtenden Hänge, „*è un caldo sporporzionato quest'anno, vero,* es ist ungewöhnlich heiß in diesem Jahr, nicht wahr? Nicht einmal am Abend lässt die Hitze nach."

„Ja, die Hitze ist bemerkenswert," erwiderte Moses, „wie schon die Kälte des vergangenen Winters, will nun auch dieser heiße Sommer kein Ende nehmen."

„Ah," rief Gaetano und wandte sich Moses überrascht zu, „Sie waren also auch im Winter schon hier?"

„Nicht in diesem Bergdorf."

Als schien ihn das zu beruhigen, atmete der *maresciallo* tief ein und wieder aus. Nahm seine Kappe ab. Und wischte mit dem Ärmel seiner Uniformjacke den Schweiß aus seinem Gesicht.

„*Gente strana, vero?* Seltsame Leute, finden Sie nicht auch?

Moses nickte.

„Warum spricht hier keiner?"

Moses hob die Schultern.

Carmelo, der hinter Gaetano stand, drängte sich vor.

„*Buongiorno* Signore, *sono il maresciallo della caserma di* Mattarella, ich bin der Kommandant der Polizeidienststelle von Mattarella. Meinen Kollegen von *Logaiolo* kennen Sie ja bereits."

Emil sah von einem zum anderen.

„*Sembra che quel Signore abbia l'intenzione di comunicarci qualcosa!* Es scheint als wollte uns dieser Herr etwas mitteilen."

"Ah ja, die Signora ist wieder da," sagte Moses, „*la mappa pure,* auch die Mappe.

„Die verschwundene Mappe?" rief Gaetano.

Carmelo schlug seinem Kollegen lachend auf die Schulter.

„Hab ich dir nicht gesagt, es wird sich alles von selbst fügen?"

„*Aspettiamo,* Carmelo, *aspettiamo!* Warten wir erstmal ab."

„*Carissimo*, die Mappe ist wieder aufgetaucht. Und auch die Ehefrau ist wieder zurückgekehrt. Was willst du mehr? Es ist alles in bester Ordnung."

„*Non lo so,* ich weiß nicht," murmelte Gaetano und wiegte seinen Kopf hin und her, „ich trau dem Frieden nicht."

Emil warf einen Blick zurück unter die Steineiche.

Fortunato lehnte wie ein Wachtposten am Stamm.

„Mein Kollege hat sich der Angelegenheit angenommen, müssen Sie wissen," wandte sich Carmelo an Moses, „obwohl *Chiacchierata* nicht zu *Logaiolo*, sondern zu unserer Gemeinde gehört. Aber jetzt hat sich ja alles erledigt."

Er setzte seine Uniformmütze wieder auf. Und rückte sie über seiner Stirn zurecht.

„*Che paesello curioso peró,* was für ein seltsames Dorf. Mappen kommen abhanden, und tauchen von selbst wieder auf. Ehefrauen verschwinden und kehren freiwillig wieder zurück.“

Er klopfte Carmelo seinem Kollegen auf die Schulter.

„Dann können wir die Akte jetzt schließen.“

„Die Pensionswirtin ist freilich noch immer nicht aufgetaucht, *comandante,*“ warf Moses ein.

Der Gaetano stöhnte laut auf.

„*L'ho saputo, Carmelo, l'ho saputo,* Ich hab's gewusst, Carmelo! Ich hab's gewusst!“

„*Calmati,* Gaetano*, calmati!* Beruhige dich, Gaetano!“

Und an Moses gewandt, fuhr er fort:

„Welche Pensionswirtin, Signore? Ich weiß von keiner Pension. Es ist kein Pensionsbetrieb bei uns angemeldet.“

Der *maresciallo* hielt seine Handflächen nach oben.

„Sie verstehen, was ich meine?“

Moses sah in die offenen Handflächen.

„Keine Pension. Keine Pensionswirtin. Verstehen Sie mich jetzt, Signore?“

Moses sah ihn betreten an.

„Ist noch was, Signore?“

Moses deutete auf den Reisebus, der von den letzten Sonnenstrahlen angeleuchtet, wie ein Fremdkörper vor der Kirchmauer klotzte.

„Ach ja, natürlich,“ sagte der *maresciallo* lächelnd, „wir werden Ihnen die Ausweise und die Schlüssel vom Bus morgen vorbeibringen. Für uns ist die Angelegenheit hiermit erledigt.“

„*Andiamo,* Gaetano! *È tutto apposto. Muoviti!* Gehen wir, Gaetano! Es ist alles in Ordnung. Beweg dich!”

Als Salvatore, der Polizeichef von Mattarella zu seinem Kollegen in den Polizeiwagen stieg, und sie der untergehenden Sonne entgegenfuhren, ahnten sie nicht, dass sie das, was sie hier sahen, zum letzten Mal gesehen haben sollten.

4.

Die Reisenden starrte noch eine Weile auf den Torbogen, durch den das Polizeiauto verschwunden war. Die Laternen, die den Platz säumten, fingen an, erste Lichtfetzen zu spucken. Und drängten die herannahende Dunkelheit zurück.

Melanie kam mit forschen Schritten aus einer der Gassen herauf und ging, ohne sich umzusehen, auf Fortunato zu. Als sie ihn erreicht hatte, zögerte sie. Schaute noch einmal auf die Kirche. Sah, wie Don Graziano seine beiden Hände von sich streckte und sie wieder sinken ließ.

Sie nickte ihm zu.

Was für ein Auftritt! dachte Emil.

Die Einheimischen gestikulierten einfach weiter, als hielte eine unsichtbare Wand alles, was sie umgab, von ihren Sinnen fern.

Melanie postierte sich unter einer der Laternen. Hielt einen Stoß Blätter vor sich. Schaute prüfend in die immer dunkler werdende Baumkrone. Ihre Haarspitzen leuchteten violett auf. Insektenwolken schwirrten durch die Lichtkegel.

Emil meinte, ein Zittern unter seinen Füßen zu spüren. Das sich in seinem ganzen Körper fortsetzte. Auch der Baum schien sich zu schütteln. Doch außer ihm schien niemand etwas zu bemerken. Die Reisenden schauten mit stumpfen Blicken auf Melanie. Die, wie eine Statue, hoch erhobenen Hauptes unter einer der Laternen posierte.

5.

„Ich weiß, einige von Euch werden missbilligen," begann Melanie schließlich, „dass ich mir anmaße, heute

Abend ein Schriftstück zu verlesen, dass der hiesige Pfarrer nicht mir, sondern meinem Mann anvertraut hat. Das ich ihm heimlich entwendet und für euch übersetzt habe."

Was ich in diesem Dokument erfuhr, scheint mir mein unerlaubtes Einmischen zu rechtfertigen.

Ich glaube, wir sollten alle etwas über diesen Ort erfahren, in dem wir nun seit Wochen festsitzen.

Es tut mir leid, dass ich der Gruppe durch mein vorübergehendes Verschwinden Unannehmlichkeiten bereitet habe. Und ich entschuldige mich dafür."

Sie ließ ihren Blick über das aneinander gedrängte Häuflein der Reisenden gleiten. Ordnete die Blätter, die in ihren Händen zitterten. Hob den Kopf. Prüfte das zuckende Licht der Laterne über ihr. Ging auf die nächste Laterne zu. Und verharrte dort.

Minuten verstrichen. Nichts geschah.

Dann fingerte Melanie eine Brille aus einem Täschchen, das an ihrer Schulter baumelte. Und begann zu lesen.

„*Chiacchierata*, Mittwoch, 12. August 1944."

Melanie legte ihren Kopf in den Nacken und streckte ihre Hände leicht von sich, damit das fahle Licht der Laterne die Seiten besser beleuchtete. Die Grüppchen der Einheimischen hatten sich gelichtet. Die meisten waren schon in ihre Häuser verschwunden. Die Verbliebenen gestikulierten noch eine Weile vor sich her. Dann verloren auch sie sich in den engen Gassen.

„Wir waren nicht darauf vorbereitet," fuhr Melanie fort, „und ich frage mich, warum waren wir es nicht? Wir haben gehört, was mit denjenigen geschah, die ihnen Unterschlupf gewährten. Aber sollten wir sie einfach wegschicken? All die Halbverhungerten, die um Zuflucht baten? Mit zerfetzten Uniformen und ausgemergelten Körpern krochen sie aus den Wäldern auf uns zu. Hielten ihre Hände über ihre Köpfe und stotterten in ihrer kantigen Sprache Unverständliches vor sich hin.

Wir wussten, dass es verboten war, flüchtende deutsche Soldaten aufzunehmen. ‚Fahnenflüchtige', wie sie es nannten. Es herrscht Krieg und mit ihm andere Gesetze. Doch so wenig wie wir die Gesetze des Friedens kennen, so wenig interessieren uns die des Krieges. Unser Leben bewegt sich fernab aller politischen Veränderungen. Unsere Sorgen sind stets dieselben, unabhängig davon, wer gerade die Macht innehat.

Wir wussten, dass sie es Politik nennen, was in den Städten, weit außerhalb unserer Berge veranstaltet wird. Wo Gesetze und Vorschriften erfunden werden, die in unserer abgelegenen Bergwelt keinen Sinn ergeben. Sollten wir die *crucchi* (ein abwertendes Wort für die Deutschen) wegjagen, weil sie zu denen gehören, die gegen uns gekämpft haben, bevor sie desertiert sind?

Sollten wir uns um die Regeln eines Krieges kümmern, der nicht unserer ist und dessen Sinn und Zweck wir nicht verstehen?

Vermutlich verhielten wir uns nur einfach wie Menschen, die sich weitab vom Zentrum einer Katastrophe dünken und sich in Sicherheit glauben.

Der Krieg tobt anderswo. Irgendwo weit weg von uns, er hat nichts mit uns zu tun."

Melanie hielt inne und wischte sich Schweißtropfen von der Stirn.

Wie oft hatte sie diese Aufzeichnungen inzwischen gelesen! Sagte sie sich. Schon beim Übersetzen hatte sie gespürt, wie die Worte in ihrer Sprache immer schwerer und schwerer wogen. Jetzt, als sie sie laut aussprach, schienen sie ihr zu schwer für ihre Stimme.

„In den letzten Wochen kamen immer mehr von den *crucchi* zu uns. Wir hätten es wissen müssen: finden uns die einen, dann finden uns auch die anderen.

Wie konnten wir nur so naiv sein?

Wahrscheinlich wollten wir es einfach nicht wissen, weil wir ohnehin getan hätten, was uns unser Gewissen befahl."

Die Lampen zuckten in die angespannte Stille. Don Graziano, der diese fremde Sprache als ein Abfeuern von Gewehrsalven in Erinnerung hatte, war so überrascht über den unerwartet weichen Klang der Worte, die aus Melanies Mund flossen, dass er erst jetzt begriff, das sich in ihren Worten nun all das wiederholen würde, was er für immer in diese Seiten zu sperren versucht hatte. Und er war froh, dass er sie nicht verstand.

Als er die Entschlossenheit in ihrem Gesicht sah, legte er einen Arm schützend um Beppe, der neben ihm stand. Obwohl er wusste, dass auch er sie nicht verstehen würde.

Melanie las weiter:

„Wir brachten die *crucchi* unter, so gut wir konnten. Wir hatten ja selbst nur das Nötigste. Die meisten von uns nicht einmal das. Und jeden Tag kamen mehr von ihnen bei uns an.

Sie mussten wochenlang durch die Wälder geirrt sein, um bis hierher zu finden. Und obwohl sie vor Hunger fast wahnsinnig waren, bettelten sie nicht, sondern standen nur da, mit zu Skeletten abgemagerten Körpern.

Und wir teilten mit ihnen, was wir hatten. Sie nahmen es stumpf und ohne jede Regung entgegen. Sie waren zu ausgehöhlt, um dankbar zu sein.

Viele starben schon nach wenigen Tagen.

Und ich fragte mich, warum sie sich die Mühe gemacht hatten, bis hierher in die Berge zu fliehen. Bis ich begriff, dass es tröstlicher war, in menschlicher Geborgenheit zu sterben, als vor einem Exekutionskommando.

Wie dem auch sei, wir waren nicht darauf vorbereitet, als plötzlich ein Konvoi von Geländewägen und Lastwägen und durch den Torbogen rollte.

Die Fahrzeuge kamen in dem Moment zum Stillstand, als ich das Kirchportal hinter mir zudrückte. Das Licht der Augustsonne spiegelte sich in den Scheiben der Militärfahrzeuge und blendete mich. Ich konnte nur Schatten und Umrisse erkennen. Dann verstummte das Motorengeräusch. Meine für die Sonntagspredigt gesammelten Gedanken verflüchtigten sich. Als ahnten sie, dass ich sie nicht mehr brauchen würde.

Ich legte eine Hand schützend über meine Augen. Sah Abgaswölkchen unter den Fahrzeugen hervorkriechen.

Ohne mich eines Blickes zu würdigen, kletterten die Soldaten von den Lastautos und rannten auf die Gassen zu. Ich hörte, wie Türen aufgestoßen wurden.

Niemand rief. Niemand redete.

Die Offiziere stiegen gemächlich aus ihren Geländewägen, streiften ihre ohnehin tadellos sitzenden Uniformen noch einmal glatt, klopften aus silbernen Etuis flache Zigaretten und boten sie sich gegenseitig an.

Einige der Deserteure wurden schnell entdeckt.

Die Soldaten erschossen sie wohl gleich dort, wo sie sie fanden. Denn überall aus den Gassen hallten Gewehrsalven auf den Kirchplatz hoch. Während die Offiziere teilnahmslos an den offenen Wagentüren lehnten und schweigend rauchten.

Die Einwohner ließen sich wie Schafe willenlos durch den ortszugewandten Torbogen auf die Piazza treiben.

Trotzdem halfen die Soldaten mit Kolbenschlägen ihrer Gewehre nach.

Noch immer war kein Wort gesprochen worden. Kein Befehl. Kein Laut des Schmerzes. Kein Fluch. Keine Bitte. Kein Flehen. Keine Klage.

Die Einwohner torkelten vor ihren Verfolgern her, bis sie alle in einer langen Reihe vor der Kirchenwand standen."

Melanie sah von ihrem Blatt hoch. Don Graziano und Beppe, sein Messdiener, standen unbeweglich neben dem Kirchportal. Das Grüppchen der Reisenden war noch enger zusammengerückt.

Melanie sah nur eine dunkle Masse, aus der die Lichtpunkte ihrer Augen flackerten.

„Ja, wir wussten, dass wir sie nicht aufnehmen durften. Sie waren Soldaten, die ihren Eid gebrochen hatten. Deserteure. Einen Eid, den sie auf ein Stück Stoff geleistet hatten. Mag er tausendmal irgendein Vaterland symbolisieren, für das zu sterben man sich bereit erklärt hatte. Aber musste so ein Eid auch dann noch befolgt werden, wenn er unmenschliche Barbarei von einem verlangte?

Jetzt, da ich in der Sakristei dieser von Gott verlassenen Kirche sitze und diese Zeilen schreibe, denke ich, dass wir kein Recht hatten, uns durch ihre Not zu gefährden.

Was hatten wir mit ihren Eiden und Eidbrüchen zu tun? Sie waren so oder so dem Tod geweiht. Hatten sich ihm bereits versprochen.

Wir aber lebten. Bis gestern.

Und nun sind sie alle tot. Jene, die sich dem Tod in die Arme warfen. Die, die ihm zu entfliehen versuchten. Und auch die, die sie aufnahmen, um sie vor ihm zu schützen. Und ich frage mich, warum sie mich und meinen Bruder verschont haben?"

Melanie stockte.

Sie schaute auf die Gruppe der Reisenden. Die wie ein erstarrter schwarzer Klumpen in die Piazza eingewachsen, schien. Das Summen der Neonlampen vermischte sich mit dem Heulen der Eulen.

„Die Soldaten trieben immer mehr Einwohner und jene, denen sie Schutz gewährt hatten, auf den Kirchplatz. Bis sie irgendwann sicher zu sein schienen, dass sie alle Dorfbewohner und Deserteure aufgescheucht hatten. Alte, Junge, Frauen und Kinder. Sie ließen sie entlang der Kirchmauer aufstellen. Schossen ein paarmal über ihre Köpfe hinweg. Lachten, wenn sich ihre Opfer duckten und mit den Händen nach oben tasteten, als wollten sie überprüfen, ob ihre Köpfe noch da saßen, wo sie hingehörten.

Ein junger Offizier mit viel Zierrat auf Brust und Schultern schabte mit der Stiefelspitze behutsam über seine halbgerauchte Zigarette und löste sich aus seiner Gruppe.

Die Soldaten brüllten jetzt unverständliche Befehle gegen die Einwohner und Deserteure, die Körper an Körper mit den Gesichtern zur Kirchwand standen.

Als die Einwohner aus den Augenwinkeln wahrnahmen, dass die geflüchteten Soldaten ihre Köpf beugten, beugten auch sie ihre Köpfe, als hätten sie immer schon auf diesen Befehl gewartet, dem sie nun zur Erfüllung einer höheren Ordnung zu gehorchen hatten.

Einige Kinder rissen sich von ihren Eltern los und liefen auf das Kirchentor zu. Gemeinsam gelang es ihnen, den schweren Flügel eine Spaltbreit aufzuziehen, um ins Innere der Kirche zu flüchten.

Der junge Offizier nuschelte mit kaum hörbarer Stimme einen Befehl. Den ein Rangniedrigerer brüllend wiederholte. Und schon eilten zwei Soldaten im Laufschritt heran. Sie zerrten den Portalflügel auf, durch den sich die Kinder gezwängt hatten. Sie versuchten, auch den zweiten Flügel zu öffnen. Doch es gelang ihnen nicht.

Ich weiß nicht, warum ich mich an dieses unwichtige Detail erinnere. Vielleicht weil ich in diesem Augenblick darüber nachdachte, ob dieser zweite Flügel überhaupt jemals geöffnet worden ist.

Der junge Offizier beobachtete eine Weile, wie sich die beiden Soldaten abmühten. Gab dann einen neuerlichen Flüsterbefehl, der vier weitere Soldaten in Marsch setzte. Gemeinsam gelang es ihnen schließlich, den knarrenden Portalflügel aufzuziehen.

Ein breiter Sonnenstrahl glitt bis zum Altar, ließ den Hostienschrein aufblitzen, als sei er mit funkelnden Edelsteinen umrahmt.

Die Kinder kauerten eng aneinander geschmiegt auf den Altarstufen. Wie zu einer Einheit verwachsen, die unauflösbar schien, blinzelten sie mit verwunderten Augen dem hineinflutenden Licht entgegen.

Eine einzige Salve zerriss ihre Verbundenheit.

Eine weitere riss das schwere Altarkreuz aus der Deckenbefestigung. Und als es auf die Kinder herunterstürzte, die nebeneinander, übereinander und ineinander vor dem Altarstufen lagen, wusste ich, dass Gott diesen Ort für immer verlassen würde, wenn ich jetzt nichts unternahm.

Aber was? Was sollte ich, was konnte ich tun?

Mich in die Gewehrsalven werfen? Wem wäre damit gedient? Weder Gott, noch den Kindern, die bereits zu ihm unterwegs waren.

Die Soldaten lachten, als ich mich bekreuzigte.

Der junge Offizier, der offensichtlich das Kommando innehatte, warf ihnen einen kurzen Blick zu. Und wie auf Knopfdruck verschwand das Lachen aus ihren Gesichtern.

Wortlos schlenderte er an der langen Reihe der vor der Kirchenmauer aufgestellten Einwohner entlang."

Melanie zögerte, als schreckte sie vor den Worten zurück, die ihren Mund verließen. Sie nahm die Mücken nicht mehr wahr, die, vom Schweiß in ihrem Nacken angezogen, auf sie einstachen.

Ein plötzlicher Impuls drängte sie, die unglückseligen Blätter von sich zu schleudern. Und unter der schützenden Krone des mächtigen Baumes Zuflucht zu suchen. Doch als ihr Blick Emil erreichte, packte sie den Stoß dicht beschriebener Seiten mit beiden Fäusten und fuhr mit fester Stimme fort:

„Ich starrte durch das jetzt ganz geöffnete Kirchportal auf die unter dem heruntergestürzten Kruzifix eingeklemmten Kinderkörper.

Als mich der Blick des jungen Offiziers traf, war mir als, stockte das Blut in meinen Adern. In diesem Gesicht gab es weder Hohn noch Zorn, weder Strenge noch Nachsicht. Vergebens versuchte ich, irgendeine Regung darin zu entdecken. Ich blickte in eine wohlgeformte Fratze vollkommener Ausdruckslosigkeit.

Ich weiß nicht, wie lange sein Blick auf mir ruhte und mich in seinen Bann zog.

Irgendwann fand ich die Kraft, einen Schritt zurückzuweichen. Und als sich ein kindliches Lachen um seine Lippen formte, sah ich, wie jung dieser Offizier war.

Mein Gott, dachte ich, ein Kind gebietet hier über Leben und Tod.

Langsam kehrte die Gewalt über meinen Körper zu mir zurück. Und ich ging auf den Offizier zu.

Ob er sich nicht schäme, unschuldige Menschen zu töten? schrie ich und bemühte mich, die Kraft meiner Predigtstimme in meine Worte zu legen. Und obwohl ich nicht einmal wusste, ob er mich verstand, erschütterte es mich, dass ich keine treffenderen Worte für das fand, was hier geschah.

Dann wurde mir klar, dass es wohl weder in unserer noch in irgendeiner anderen Sprache Worte gab, die gegen das Niedermetzeln von Kindern angemessen waren.

'Alte, Frauen und Kinder, die nichts mit diesem Krieg zu tun haben, ja, nicht einmal von ihm wissen,' fügte ich hölzern hinzu.

Es war nicht die erhoffte Predigtstimme, mit der ich mich an den jungen Offizier wandte.

Er lächelte mich geduldig an. Seine Augen waren weit offenstehende Fenster, in die nichts hinein und aus denen nichts herausdrang. Und nichts außer seinem Mund war an diesem Lächeln beteiligt.

Es war dieses bubenhafte Lächeln um seinen Kindermund, das plötzlich Zorn in mir entflammte, und Worte unkontrolliert aus mir heraussprudeln ließ. Wie Wasser nach einem Dammbruch. Und wie um mich vor meinen eigenen Worten zu schützen, duckte ich mich, während meine Stimme immer mehr über die Tonlage der Predigtstimme hinauswuchs und gegen den jungen Offizier polterte.

Ich weiß nicht mehr, was ich ihm alles entgegen schrie. Während er nur regungslos vor mir stand und lächelte. Da wurde mir die Sinnlosigkeit meines Aufbegehrens bewusst. Ich merkte, dass ich uns alle ins Verderben redete und verstummte.

All das, was ich ihm gesagt hatte, schwirrte wie ein Bumerang auf mich zurück. Ich vergaß zu atmen. Studierte den Boden unter meinen Füßen. Lauschte meinen Worten hinterher. Und betete zu Gott, der junge Offizier möge meiner Sprache nicht mächtig sein.

Aber Gott erhörte meine Bitte nicht.

'Haben Sie nicht selbst einen Auftrag hier auf Erden zu erfüllen, Hochwürden?' sprach der Offizier in fließendem Italienisch und mit unerwartet sanfter Stimme.

Er sprach sehr leise, flüsterte fast.

„Sehen Sie, Hochwürden, auch ich habe einen Auftrag zu erfüllen. '

Er öffnete seine Arme, als bedauere er, diesen Auftrag nun hier und jetzt ausführen zu müssen.

'Oberflächlich gesehen haben wir verschiedene Auftraggeber.

Ihr Auftrag ist nicht von dieser Welt, werden Sie sagen. Und dennoch...' er ließ seinen Blick über die vor der Kirchenwand aufgestellten Einwohner und Deserteure wandern,' ...und dennoch haben Sie ihn auf dieser Welt auszuführen, nicht wahr, Hochwürden? '

Obgleich durch meine Predigten wortgeübt, suchte ich verzweifelt nach einer passenden Entgegnung. Wollte ich unser Dorf retten, wären nun die richtigen Worte vonnöten. Dachte ich. Doch in mir war es leer, wohin ich auch spürte. In meiner Bedrängnis hob ich meinen Kopf. Und als sich unsere Blicke wieder trafen, wusste ich, dass weder Worte noch sonst etwas auf dieser Welt diesen Mann erreichen würden.

'Sie werden sagen, Ihr Auftrag komme immerhin von keinem Geringeren als von Gott.'

Er schaute weiter auf das offene Kirchenportal. Und ich suchte in seinem Gesicht, um darin irgendetwas Menschliches zu entdecken. Aber da war nichts. Nur dieses Lächeln. Das in sein Gesicht eingemeißelt schien.

'Aber was kann Gott schon ausrichten, ohne einen starken Mann, der seine Direktiven konsequent auszuführen weiß? '

Als ich zu reden ansetzen wollte, unterbrach er mich.

'Nicht doch, Hochwürden! Ich will Ihnen nicht absprechen, dass Sie Ihren Auftrag gewissenhaft befolgen. Dort, wo Gott Sie hingestellt hat. Sie werden jedoch zugeben müssen, dass Gottes große weite Welt sich nicht auf diesen, nehmen Sie es mir nicht übel, jämmerlichen Ort hier beschränkt. '

Ich stand wie ein Schüler vor ihm, der seine Aufgaben nicht richtig gemacht hat. Fragte mich, worauf er hinauswollte.

Dann kam er zur Sache.

'Mein Auftrag kommt von Adolf Hitler,' sagte er unvermittelt, 'er ist, wenn Sie so wollen, die starke Hand Gottes auf Erden. Gott braucht einen Mann wie ihn, hätte ihn längst gebraucht, um die göttliche Ordnung wiederherzustellen. Und ich darf voller Stolz behaupten, dass ich in meiner Wenigkeit ein, wenn auch bescheidenes, Rädchen in der Wiederherstellung dieser göttlichen Ordnung sein darf.'

Und fast lautlos fügte er hinzu:

'So gesehen haben wir den gleichen Auftraggeber, Hochwürden! Das ist es, was ich Ihnen sagen wollte.'

'Wir erfüllen nicht den gleichen Auftrag, *comandante*!' bellten die Worte aus mir heraus, ehe ich sie im Zaum zu halten vermochte, 'mein Auftrag besteht darin,

Menschen zum ewigen Leben zu führen, während Sie hier von Gott gegebenes Leben zerstören.

Ich kenne Ihren Auftraggeber nicht, diesen Signore, wie sagten Sie, Signore Itler? Doch ich bezweifle, dass Gott ihn beauftragt hat, Menschenleben zu vernichten. Und dass ein solches Handeln zur Wiederherstellung der göttlichen Ordnung führt.'

Nun war alles verloren, sagte ich mir. Mit dem Gesagten habe ich unser Schicksal besiegelt. Ich sah meinen Worten flehend hinterher. Aber sie ließen sich nicht mehr zurückholen.

Doch der Offizier lächelte nur. Und seine hellen Augen verstrahlten weiterhin Leere.

'Das ist eine Frage des Blickwinkels, Hochwürden. Ich verhelfe diesen Verrätern, ' er machte eine verächtliche Handbewegung in Richtung der Kirchmauer, 'ich verhelfe ihnen dazu, ihre hier auf Erden unverzeihliche Schuld durch ein vorweggenommenes Lebensende zu sühnen. Und ihnen, natürlich nach den von Gott für angemessen gehaltenen Fegefeuerqualen, einen Weg zum ewigen Leben zu ermöglichen. Obwohl sie mir dies, doch das möge Gott entscheiden, nicht verdient zu haben scheinen. Wie Sie sehen, sind unser beider Aufträge nicht so sehr voneinander verschieden. '

Er jonglierte mit den Worten unserer Sprache, als sei es seine eigene. Und ich dachte, warum missbrauchte er sie zu diesen vernichtenden Aussagen?

'Das ist zynisch, *comandante*', hörte ich mich sagen, 'überaus zynisch, selbstherrlich und arrogant! Wie können Sie, oder Ihr Signor Itler sich anmaßen, Werkzeuge Gottes sein zu wollen?'

Ich atmete tief, versuchte mit einem heftigen Atemstoß zu verhindern, dass noch mehr Worte aus mir herauskamen, die, ohne Zweifel, unser aller Tod besiegeln würden."

Melanie bemühte sich, die hin und her wimmelnden Buchstaben weiter ihren Bedeutungen zuzuführen. Doch die Buchstaben begannen im flimmernden Licht der Lampen vor ihren Augen zu tanzen. Die Sätze und Wörter zerfielen.

Don Graziano schien zu verstehen, an welcher Stelle seiner Aufzeichnungen sie angelangt war. Und er drückte Beppe an sich, der zitternd seine Kutte umklammerte.

Melanie hielt den Blätterstapel mit beiden Fäusten fest, als wolle ihn ihr jemand entreißen. Jemand, der nicht länger zuzuhören bereit war, was sich in diesen Zeilen offenbarte. Doch als sie im spärlichen Licht der Lampen, Don Grazianos Nicken zu erkennen glaubte, las sie weiter.

„Es war fatal. Ich suchte nach Worten, die unser Dorf hätten retten können. Stattdessen steuerte ich uns immer weiter ins Verderben.

‚Sie irren, Hochwürden, wir wollen nicht Werkzeuge Gottes sein. Wir sind es. Maßen Sie sich etwa an, Seelsorger dieses Dörfchens zu sein? Nein. Sie sind es. Sie und ich, wir beide arbeiten Gott zu. Freilich auf der Basis unterschiedlicher Aspekte und Qualitäten. Sie predigen ihren Schäfchen Gottes Wort, um sie von seiner Allmacht zu unterrichten, und sie auf den rechten Pfad zu führen. Das ist gewiss ein ehrenvoller Auftrag.

Doch versuchen Sie doch auch meinen Auftrag zu verstehen, Hochwürden!

Im Auftrag Adolf Hitlers, den uns Gott, in seiner unermesslichen Weisheit, nur er weiß warum, erst jetzt gesandt hat, trage ich dazu bei, diese Welt von Elementen zu befreien, die der Worte Gottes nicht mehr würdig sind. Und ihrer auch nicht mehr bedürfen, da sie ihr Menschsein hier auf Erden verwirkt haben. Mag Gott dann selbst entscheiden, ob er sie bei sich aufnimmt, und welche Verwendung er in der jenseitigen Welt für sie findet. Dies zu beurteilen liegt nicht in meinem Ermessen. Mein Auftrag ist kein geringerer, als meinem Führer dabei behilflich zu sein, diese Welt so rein, wie Gott sie einst schuf, den Menschen zurückzugeben. '

Mir wurde schwindelig. Ich geriet ins Wanken.

'Ist Ihnen nicht gut, Hochwürden? Habe ich Sie mit dieser Aussicht auf ein Paradies auf Erden überrascht?

Sehen Sie, Sie vertrösten Ihre Schäfchen auf einen Garten Eden jenseits dieser Welt. Wir dagegen kommen Gott entgegen und arbeiten an einem Garten Eden hier auf Erden. Indem wir all das ausmerzen, was diesem Paradies im Wege steht. Sie werden zugeben, dass das Ergebnis meines Auftrags überprüfbarer ist als das Ihrige.'

Er fingerte ein filigranes Etui aus seiner Brusttasche, entnahm eine dieser flachen Zigaretten, die auch die anderen Offiziere zu bevorzugen schienen. Und ich beobachtete, wie er damit behutsam auf den mit Intarsien versehenen Deckel klopfte.

Dann schien er es sich anders überlegt zu haben und schob die Zigarette wieder ins Etui zurück. Und weil ich immer noch nichts sagte, füllte er mein Schweigen nun mit seinen Worten.

Die Soldaten, die sie erschossen hätten, seien Deserteure, die den Platz, auf den sie das Vaterland gestellt hat, selbstherrlich oder feige verlassen und sich wie Tiere hierher verkrochen hätten. Damit hätten sie sich selbst aus der Gemeinschaft der Menschen ausgeschlossen. Was seine Soldaten erschossen hätten, seien keine Menschen mehr.

‚Sehen Sie selbst, Hochwürden, sie lassen sich willig zusammentreiben. Als seien sie sich ihrer Überflüssigkeit auf unserer Erde bewusst,' fügte er hinzu.

Ich sah auf seinen Mund, unfähig zu glauben, dass solche Worte über diese weichen Lippen kamen.

'Ich gäbe etwas darum, genau zu wissen, für wen eigentlich die Taten getan werden, von denen man sagt, sie seien für das Vaterland getan worden.'

Ich weiß nicht, warum mir gerade jetzt diese Worte einfielen. Und aus mir herausplapperten.

'Das sagen Sie als Geistlicher. Sie haben kein Vaterland hier auf Erden. Ihre Heimat liegt im Jenseits.'

'Nicht ich sage das, *comandante*. Dieser Satz entstammt einem Ihrer Landsleute, einem gewissen Lichtenberg. Ich weiß natürlich nicht, ob seine Worte richtig übersetzt worden sind.'

Ein leichtes Zucken bewegte den Mund des Offiziers.

Einen Augenblick lang schien es mir, als wollte sich sein Lächeln verflüchtigen.

‚Meine Ehrerbietung, Hochwürden! Ich habe Sie unterschätzt. Für einen Dorfpfarrer scheinen Sie literarisch gut bewandert zu sein. Leider zitieren Sie die falschen Autoren. '

'Gibt es denn so etwas? Falsche Autoren? Diesen Satz hörte ich von einem der...'

'Wie Sie sehen, Hochwürden,' unterbrach er mich mit der gequälten Stimme eines Vaters, der glaubte, seinen Sohn züchtigen zu müssen.

‚Ja, ich kann es mir denken. Von einem derer, die sich hier verkrochen haben. Ein Nestbeschmutzer, der es nicht verdient, dass wir für sein Vaterland kämpfen.

Unsere Heimat ist das uns von Gott zugedachte deutsche Vaterland.

Der Allmächtige hat unser Volk dazu auserkoren, die von menschenunwürdigen Kreaturen entstellte Welt wieder in die von ihm vorgesehene göttliche Ordnung zurückzuführen. Diesen ehrenvollen Auftrag werden wir gewissenhaft und mit allen uns zur Verfügung stehenden Mitteln ausführen.

Dieser Lichtenberg, den Sie eben zitierten, er ist wie jene dort, die sich aus der Verantwortung ihrem Auftrag gegenüber herauszustehlen versuchten und sich auf einen wie ihn berufen, um ihre verabscheuungswürdige Feigheit damit zu rechtfertigen. '

Es schien ihn so sehr vor diesen Deserteuren zu ekeln, dass er nur noch mit dem Kinn auf sie wies.

Und ich frage mich jetzt, warum sich seine Sätze so tief in mir eingebrannt haben, dass ich jeden von ihnen Wort für Wort im Kopf habe, während ich, als ich vor ihm stand, vergeblich nach Worten rang.

Ich versuchte es erneut:

'Und was ist mit den Einwohnern von *Chiacchierata*, *comandante*? Sie haben weder ihren Platz verlassen, noch haben sie sich irgendwo verkrochen. Sie leben hier, zurückgezogen von der Welt da draußen, die sich im Krieg befindet. Was haben diese Leute mit Ihrem Krieg zu tun? Und mit Ihrem Vaterland?'

'Sie kennen die Antwort, Hochwürden, nicht wahr? Diese Leute haben den fatalen Fehler begangen, sich in das Weltgeschehen einzumischen. Aus welchen Gründen auch immer. Damit haben Sie sich unserer heiligen Mission entgegengestellt.'

'Und die Kinder, *comandante*?' kam es weiter aus mir heraus, 'was hat sie in Ihrer heiligen Mission zum Schlachtvieh bestimmt?'

Der Offizier sah mich kopfschüttelnd an und flüsterte fast flehend:

'Welch hässlicher Ausdruck, Hochwürden!'

'Ausdruck, *comandante*?'

Ich spürte, wie sich meine Stimme überschlug.

‚Sie bemängeln meinen Ausdruck? Hier handelt es sich nicht um eine Entgleisung im Ausdruck! Sie haben ein Schlachthaus aus meiner Kirche gemacht.‘

Ich weiß nicht, ob die Einwohner etwas von unserem Gespräch mitbekamen. Sie standen vollkommen regungslos vor der Kirchwand, als wären ihre Füße mit den kochenden Steinplatten verschmolzen. Während die Sonne unbarmherzig auf sie herunter brannte.

'Ich versuche Sie zu verstehen, Hochwürden' sagte der junge Offizier nach einer Weile.

'Wirklich, *comandante*? Was gibt es da noch zu verstehen?'

Wieder lief ein Zucken über seinen Mund.

'Sie sind Italiener. In Ihrem Land werden Kinder als hilflose und unschuldige Wesen betrachtet. Das jedoch scheint mir ein folgenschwerer Irrtum zu sein. Es trifft nur auf diejenigen zu, die aus dem Samen Unschuldiger geboren wurden. Böses gebiert Böses. Und pflanzt sich immer weiter fort. Ihre ach so unschuldigen Kinder sind die Brut jener, die Verrätern Unterschlupf gewährt haben.'

Sein Blick wandte sich noch einmal dem offenen Kirchportal zu.

'Um genau zu sein: sie waren es,' korrigierte er sich.

Ich spürte, wie ich zusammensackte.

'*Dio mio, comandante!*' stammelte ich, 'ihr Leben hatte noch nicht einmal begonnen.'

Der *comandante* flüsterte ein paar Worte, die einige der Offiziere in einen bellenden Befehl verwandelten. Worauf die Soldaten aus ihrer Erstarrung erwachten.

Vier von ihnen lösten sich aus der Reihe, kamen auf uns zu, schlossen das Kirchportal, salutierten und marschierten wieder zu ihrer Gruppe zurück.

'Muss ich Sie, den Priester, auf die Bibel hinweisen?' sagte der *comandante* und sah mich vorwurfsvoll an, ,heißt es nicht im zweiten Buche Mose, dass Gott die Ungerechtigkeit der Väter heimsucht an den Kindern und Kindeskindern?'

'Oh, wie ich höre, sind Sie bibelkundig, *comandante*. Sie beziehen sich aber auf den Gott des Alten Testaments, den Gott der Rache und Vergeltung. Durch Christus haben wir jedoch erfahren dürfen, dass Gott ein Gott der Liebe und der Vergebung ist.'

'Altes und Neues Testament. In der Bibel befinden sich beide. Und so wie sie sich beide zur Heiligen Schrift der Christen ergänzen, so ergänzen sich auch unsere Aufgaben, Hochwürden. Wäre es Gottes Wille gewesen, dass nur noch das Neue Testament in der Bibel verbliebe, hätte die heilige Kirche, als die Vertreterin Gottes auf Erden, das Alte Testament längst für ungültig erklärt und aus der Bibel entfernt. Das ist aber nicht geschehen.

Sie, Hochwürden, haben sich entschieden, dem Weg eines liebenden Gottes zu folgen. Und wir befolgen den Auftrag unseres Führers und ebnen Ihnen diesen Weg. Ich sagte Ihnen ja schon, wir arbeiten einander zu.'

Ich suchte in seinem Gesicht herum, ob er wirklich meinte, was er sagte.

In meiner Verzweiflung wagte ich einen letzten Versuch. Doch obwohl ich mich bemühte, Festigkeit in meine Stimme hineinzulegen, um ihn von seiner zynischen Logik abzubringen, konnte ich nicht verhindern, dass meine Worte angstverzerrt und ohne Überzeugung über meine Lippen flatterten.

'Wie können Sie so sicher sein, dass Ihr Führer, wie Sie ihn nennen, mit der bestialischen Ausführung Ihres angeblich von ihm erteilten Auftrags einverstanden ist?'

Zum ersten Mal veränderte sich die Stimme des Offiziers und sein Lächeln verschwand.

'Er ist nicht mein Führer, Hochwürden. Adolf Hitler ist unser aller Führer."

Seine Stimme war jetzt fast unhörbar.

'Nein, *comandante*,' platzte es aus mir heraus, 'Signor Itler ist nicht mein Führer. Er, der mich führt, ist nicht von dieser Welt. Seit Menschengedenken gab es immer wieder weltliche Führer, die mit grausamen Methoden die Menschheit zu befreien versprachen. Und am Ende nur Unheil über sie brachten.'

Der *comandante* sah mich lange und aufmerksam an.

'Und Ihre Heilige Kirche, Hochwürden? Hatte sie nicht ihre effizienten Methoden?

Abtrünnige, die ihren Dogmen widersprachen, wurden auf Scheiterhaufen verbrannt. Darf ich Sie an die Kreuzzüge erinnern, an die Inquisition, an all die Gemetzel im Namen Gottes? Wo war da Ihr Gott der Liebe? Ihre Kirchenführer haben mehr Schrecken über diese Erde gebracht und mehr Blut vergossen, als alle weltlichen Führer zusammen. Und Sie wissen das, Hochwürden! '

'Ja, ich weiß das, *comandante*. Und glauben Sie mir, die Irrungen unserer Kirche schmerzen mich tief in meiner Seele. All die Grausamkeiten, die im Namen Gottes verübt wurden, übersteigen, was ein kleiner Dorfpfarrer auszuhalten und zu verstehen vermag. Gott allein weiß, warum er all das zulässt. '

Als habe er Mühe, seinen Blick vom Boden loszureißen, bewegte der junge Offizier seinen Kopf unendlich langsam nach oben und musterte mich. Musterte mich minutenlang. Und während ich vor diesem Blick mehr und mehr zusammenschrumpfte, wurde mir klar, dass, was immer ich auch sagte, nicht verhindern konnte, was für ihn längt beschlossene Sache war. Er spielte mit mir, wie die Katze mit der Maus. Und am Ende würde die Katze die Maus doch fressen.

Erst jetzt, während ich dies alles aufschreibe, begreife ich es. Ich wollte nicht wahrhaben, dass von Anfang an alles verloren war. Ich habe mir eingeredet, den auf uns zu brausenden Fluss der Ereignisse aufhalten, oder wenigstens umleiten zu können. Was für ein Hochmut!

Die Offiziere lehnten an ihren Fahrzeugen und ließen ihre Blicke uninteressiert über die Piazza wandern, während die Soldaten die an der Kirchmauer aufgereihten Einwohner flankierten.

Für sie alle war es ein Ort wie jeder andere, an dem sie einen Auftrag auszuführen hatten wie jeden anderen. Und wie viele solcher Vernichtungsaufträge mögen sie wohl schon ausgeführt haben, bevor sie nun diesen hier erledigten?

Irgendwann hauchte der Kommandant wieder einen seiner kaum hörbaren Befehle. Den die Offiziere dann brüllend weitergaben. Und zwei der Soldaten lösten sich aus der Reihe. Und bauten sich links und rechts von mir auf.

'Nicht, dass es mir kein Vergnügen bereitete, mit Ihnen weiter zu plaudern, Hochwürden.'

Der junge Offizier maß mich mit einem Blick, den ich nicht zu deuten wusste.

‚Ich wünschte, ich könnte, wie Sie, meinen Auftrag durch Worte erfüllen. Leider zwingen mich meine Befehle zum Handeln. Sie haben getan, was Sie tun mussten. Lassen Sie mich nun das Meine tun!'

Damit drehte er sich auf dem Absatz um und flüsterte seine todbringenden Kommandos. Die Offiziere brüllten.

Die Soldaten setzten sich in Bewegung. Meine beiden Begleiter stießen mich in die endlose Reihe der anderen Einwohner.

Als ich mich, wie die anderen, mit dem Gesicht zur Wand stellen wollte, hob der *comandante* seine rechte Hand in einer eleganten Drehung, einer seiner Offiziere ging auf mich zu, packte mich an den Schultern. Und drehte mich wieder nach vorne.

Ich blinzelte in die letzten Lichtstrahlen, die auf die Kirchwand fielen. Sah, wie sich die Soldaten, den Baumschatten aussparend, in scharf abgegrenzte Rechtecke formierten. Hörte, wie die Offiziere die Soldaten anbrüllten, in dieser Sprache, die zum Brüllen geschaffen zu sein schien.

Der junge *comandante* schien es sich inzwischen anders überlegt zu haben. Er beorderte seine Offiziere zu ihren Fahrzeugen zurück, schlenderte an der Kirchmauer entlang und schoss wahllos in die gebeugten Köpfe.

Ab und zu fingerte er sein silbernes Zigarettenetui aus seiner Uniformjacke, steckte sich eine seiner flachen Zigaretten zwischen die Lippen. Und steckte sie dann wieder in das Etui zurück, das in der Abendsonne funkelte.

Er schien mit der Erfüllung seines Auftrags keine Eile zu haben. Die Schüsse hallten von den Wäldern wider. Die getroffenen Körper sackten lautlos in sich zusammen. Keiner der Einwohner drehte sich beiseite, wenn ein links oder rechts von ihm Stehender zu Boden ging. Sie standen unbewegt da und warteten, bis sie selbst an der Reihe waren.

Die Offiziere standen an ihren Geländewägen und unterhielten sich, als ginge es sie nichts an, was um sie herum geschah. Ein roter Schimmer lief über die Piazza. Dann versank die Sonnenscheibe hinter den Bergrücken.

Ich suchte nach meiner Stimme, um den jungen Kommandanten anzuflehen. Ich fand sie nicht. Ich hörte nur, wie es 'Nein' in meinem Kopf rief. Immer wieder ‚Nein' und ‚Nein". Und ich dachte, es muss doch aussprechbare Worte geben, die diesem sinnlosen Töten Einhalt geböten. Aber ich hörte nur das 'Nein' in meinem Kopf. Vielleicht wäre es ja das einzig erlösende Wort gewesen, um den Kommandanten doch noch zum Aufhören zu bewegen. Aber das in mir schreiende 'Nein' fand seinen Weg nicht über meine Lippen. Verharrte störrisch in meinem Kopf. Der angesammelte Druck der Schüsse explodierte in meinen Ohren und brachte schließlich mein unausgesprochenes 'Nein' in meinem Kopf zum Schweigen.

In diesem Moment begriff ich, warum ich als Einziger mit dem Rücken zur Kirchwand stand. Er wollte, dass ich dies alles mit meinen eigenen Augen sah.

Manchmal hielt er seine Waffe sekundenlang über einem der Nacken. Sekunden, die mir wie Ewigkeiten schienen. Dann ging er plötzlich einen Schritt weiter und schoss auf den, der danebenstand. Ein Körper nach dem anderen sank auf die heißen Steinplatten.

Die anderen Offiziere sahen nicht einmal zu uns herüber. Als befänden wir uns in einer von ihnen abgetrennten Welt. Die restlichen Soldaten standen in zwei Reihen vor ihnen, wie die Bauern in einem Schachspiel.

Der Kommandant schien so sehr in seine Aufgabe versunken, dass er immer erst dann merkte, dass das Magazin seiner Pistole leer war, wenn statt eines lauten Knalls ein metallisches Klicken ertönte. Worauf er verwundert, ein weiteres Mal abdrückte. Seinen Kopf schüttelte. Und seine Waffe mit neuen Patronen füllte. Als er schließlich vor mir stehen blieb, sah ich in seinen Augen, dass er nicht teilnahm an dem, was er tat. Ich hörte auf, irgendetwas von dem, was hier geschah weiter verstehen zu wollen. Ich dachte an nichts, und ich spürte auch nichts.

Der Kommandant balancierte elegant um die gekrümmten Körper. Bis er mich umrundet hatte und nun hinter mir stehen blieb. Als ich meinen Kopf hin und her bewegte, sah ich, dass ich als Einziger noch aufrecht zwischen den Liegenden stand.

Der junge Offizier schlenderte noch ein paar Mal um mich herum, hielt dann inne, sah mich an, als wollte er sich bei mir entschuldigen, für das, was er nun zu vollenden gedachte. Und schob den Lauf seiner Pistole zwischen meine Lippen, als zielte er auf die ungesagten Worte, die sich vielleicht noch in meinem Mund verborgen gehalten hatten.

Während das heiße Metall meine Zunge und meinen Gaumen versengte, ruhten seine Augen auf mir, und mir war, als strömte die Kälte des gesamten Weltraums in mich ein. Verdrängte all das, was ich eben noch gedacht, gehofft und befürchtet hatte. Und ich ergab mich willenlos dem, was nun unvermeidlich auf mich zukommen würde.

Das Klicken ertönte nun in meinem Rachen. Und als sich plötzlich alles in mir weitete, dachte ich, die Türen des Jenseits hätten sich mir bereits geöffnet. Erst ein weiteres Klicken vergewisserte mich, dass ich noch nicht im dort angekommen war.

Als der Offizier seine Pistole aus meinem Mund zog, spürte ich den bitteren Eisengeschmack in meiner Kehle und musste würgen. Mein Blick fiel auf die reglosen Körper, die in langer Reihe an der Kirchmauer lagen. Es sah aus, als schliefen sie."

Der nahe Ruf einer Zwergohreule ließ Melanie zusammenzucken. Als befände sie sich nun selbst in der langen Reihe der damaligen Einwohner des Bergdorfs, meinte sie die Schüsse von damals zu hören. Melanie ballte ihre Hände zu Fäusten. Und las mit brüchiger Stimme weiter.

„Der *comandante* warf seine Pistole vor mich auf die Steinplatten und ging mit schnellen Schritten zu seinen Offizieren hinüber. Sie stiegen in ihre Geländefahrzeuge. Die Soldaten kletterten auf die Lastwägen. Mit aufheulenden Motoren setzte sich der Konvoi in Bewegung und hielt am ortsabgewandten Torbogen noch mal an.

Der Kommandant stieg aus, setzte seine Kappe auf, rückte seine Uniformjacke zurecht, strich über seine Hosennähte. Und schien wieder einen seiner flüsternden Befehle zu geben. Denn jetzt sprangen zwei Soldaten von einem der LKWs. Hievten ein Maschinengewehr von der Ladefläche, trugen es im Laufschritt auf die Piazza, bauten es vor dem Kirchentor auf und öffneten die zuvor geschlossenen Flügel.

Das Maschinengewehr ratterte los. Ein kakophonischer Choral erschütterte das Kirchenschiff. Erst als alle Orgelpfeifen durchsiebt waren, stellten die Soldaten das Feuer ein und schleppten das Maschinengewehr zu den LKWs zurück.

Der Konvoi setzte sich wieder in Bewegung, rollte durch den Torbogen davon."

Melanie hielt erschrocken inne.

War das *ihre* Stimme, die aus ihr heraussprach? Die das Unfassbare berichtete, das sich in diesen Zeilen zu befreien versuchte? Wie war es diesem Dorfpfarrer möglich gewesen, das Geschehene in dieser akribischen Genauigkeit aufzuschreiben?

Als hätten sie sich aus dem Gitter der Buchstaben herausgelöst, die sie all die Jahre in sich verschlossen hielten, belebten die Szenen von damals nun noch einmal den Kirchplatz. Melanie sah Beppes schlotternden Körper. Als hätten sich die für ihn nicht verständlichen Worte in ihr selbst wieder in seine Sprache zurückübersetzt. Und sie sah, wie Don Graziano zusammenzuckte, als Melanie wieder zu sprechen anfing. Obwohl er es war, der diese Zeilen aufgeschrieben hatte. Und sich jedes Wort dieses Berichts für immer in ihm eingebrannt hatte.

„In der letzten Kehre, bevor die Fahrzeuge die Bergkuppe erreichten, schwoll das Dröhnen noch einmal an und brach abrupt ab. Ich sah zu den Rücklichtern hoch, hoffte, der junge Offizier möge es sich anders überlegt haben und nun zurückkehren und vollenden, was er nicht zu Ende geführt hatte. Doch die Motoren heulten gleich wieder auf. Die Fahrzeuge quälten sich weiter bergan. Ich hörte die ruppigen Schaltrucke. Dann verschwanden sie hinter der Kuppe.

Und von einem Augenblick auf den anderen war es vollkommen still. Diese Stille war nicht die Stille eines abgelegenen Bergdorfs, die seine Bewohner schützend ummantelte. Diese Stille war wie eine schwere Decke, die alles unter sich erstickte.

Und da sah ich in der Dunkelheit die schemenhaften Umrisse eines Körpers, der, wie ein Spiegelbild meiner selbst, aufrecht vor der Kirchmauer stand. Ich betastete meine Arme, nahm meinen Kopf in beide Hände. Das war nicht ich. Da stand noch ein anderer. Unbeweglich und ohne einen Laut von sich zu geben.

Ich ging auf ihn zu. So wie ihn der Offizier aufgestellt hatte, stand er mit leicht vorgebeugtem Kopf bewegungslos zwischen den liegenden Körpern, die sich ebenfalls nicht bewegten. Und jetzt sah ich, dass der, der am

Ende der langen Reihe wie ein aufgestellter Leichnam zwischen den Herumliegenden stand, mein Bruder Beppe war.

Und in diesem Augenblick fingen die Nachtigallen an zu singen. Es mussten unzählige sein, die ihre Stimmen erhoben. Ihr Gesang drang aus den Wäldern herauf, wurde lauter und lauter. Bis er unser Dorf vollkommen eingehüllt hatte.

Ich weiß nicht, warum ich das alles hier aufschreibe. Ich weiß, dass Worte nicht auszudrücken vermögen, was hier geschehen ist. Und ich weiß auch, dass diese Zeilen niemandem mehr nützen. Nicht den Lebenden. Und schon gar nicht den Toten.

Vielleicht weil es die Zeit ist, in der ich gewöhnlich an meiner Predigt arbeite. Vielleicht weil ich platzen würde, wenn ich nicht aufschriebe, was ich keinem sagen kann. Vielleicht, weil ich mir dadurch erhoffe, dass das Tosen in meinem Kopf aufhört. Aber wahrscheinlich nur, weil ich es einfach tun muss."

Die letzten Worte fielen wie schwere Steine auf den Kirchplatz.

Wie schon beim Übersetzen der Aufzeichnungen wendete Melanie das letzte Blatt und suchte nach einem abschließenden Satz, der die aus den Zeilen herausschreienden Stimmen miteinander versöhnte. Stimmen, die aus verschütteten Tiefen riefen, und für die ein einziger Mund nicht ausreichte.

Doch es folgte kein weiterer Satz.

Stattdessen kollerte nun die mächtige Stimme Don Grazianos wie Donnergrollen über die Piazza.

„Ora ha aperto il vaso di pandora, Signora, nun haben Sie die Büchse der Pandora geöffnet. Sind Sie jetzt zufrieden?

Aber wahrscheinlich müssen wir alle tun, was wir glauben tun zu müssen."

Melanie starrte Don Graziano an, als habe er sie aus sich selbst vertrieben. Während die Einwohner von *Chiacchierata* erschrocken aus ihren Betten hochfuhren, als sie die über ein Jahr nicht gehörte Predigtstimme Don Grazianos durch die Gassen dröhnen hörten.

Sie rannten in Schlafanzügen und Nachtgewändern aus ihren Häusern. Und irrten verwirrt über die Piazza, als liefen sie den Worten hinterher, die Don Grazianos Stimme auf ihr verteilt hatte. Sie fühlten sich von ihrem Pfarrer verraten. Suchten nun nach ihren eigenen Stimmen, die in ihrem Gestenspiel nach und nach verkümmert waren. Und trippelten orientierungslos um die Gruppe der Reisenden herum.

Wie eine sanft angespielte Tambura schwebte das Summen der Laternen über der Piazza.

6.

Don Graziano starrte in die mondlose Nacht, die sein Heimatdorf wie eine schwarze Mauer umstellte. Die Bilder, die in seinem Inneren eingekapselt waren, reihten sich aneinander. Als ließe die unerwartet grell aufleuchtende Lampe eines Projektors all das noch einmal in ihm aufflammen, was damals geschehen war.

Auch die Geräusche waren wieder da. Zerrten am Pendel der Zeit. Das Donnern der Militärfahrzeuge. Das in den bewaldeten Kurven kurz abebbte. Und erneut heranbrandete, wenn der Konvoi eine baumlose Kehre erreichte.

Als Emil Stadler aus dem schwarzen Schattenkreis der Baumkrone heraustrat und das faserige Licht der Laternen auf ihn fiel, sah Don Graziano die Erschütterung in seinem Gesicht. Ohne Zweifel, es ist das gleiche Gesicht, dachte er. Die fein geschnittenen Züge. Der gleiche sanfte Mund. Die gleichen Augen.

Und dennoch kann er es nicht sein.

Melanie beobachtete, wie sich Emil nach allen Seiten hin umschaute. Als suchte er nach einem Hinweis, der ihn mit sich selbst wieder in einen Zusammenhang brächte, aus dem er sich zu verlieren begann.

Niemand achtete auf Fortunato, der das Mäuerchen verließ, auf dem er während Melanies Vortrag gekauert hatte. Er überquerte eilig den Platz. Verschwand unbemerkt durch den Torbogen. Und mit ihm verschwanden auch die Katzen. Eng an den Boden geduckt und mit eingezogenen Schwänzen huschten sie lautlos in alle Richtungen davon.

Moses bewegte sich aus dem Dunkel des Baumschattens mit zögernden Schritten auf Emil zu. Und weil ein Teil in ihm nach vorne drängte, und ein anderer ihn zurückhielt, stolperte er.

Als habe er die Gestensprache der Einheimischen übernommen, taumelte er mit beiden Armen rudernd um seine eigene Achse. Und es schien ihm, als verschöben sich die Gesten der Einheimischen wie krakelige Striche eines Stiftes auf wackeligem Untergrund.

Die Luft vibrierte.

Das Licht der Lampen begann zu tanzen. Anschwellendes Brummen rollte über die Baumwipfel auf das Bergdorf zu. Die Nachtvögel unterbrachen ihre Gesänge.

Moses bemühte sich, mit beiden Füßen auf dem Boden zu bleiben. Doch es gab keinen festen Boden mehr.

Die Reisenden begriffen nicht, was ihnen geschah, als sie von einer unsichtbaren Kraft hin und her geschüttelt wurden, die sie aufeinander zuschob. Um einen verlässlichen Bezugspunkt zu finden, schauten sie zum Kirchturm hoch. Da auch dieser zu wanken begann, krallten sie sich aneinander fest. Wie auf einem Floss in stürmischer See. Die den Platz einrahmenden Häuserfronten bogen sich wie an Seilen hin und her gezogene Kulissen.

Und plötzlich, als hielte die Erde in ihrer Drehung inne, hörten die Häuserfronten auf zu schwanken. Der Boden der Piazza verfestigte sich wieder. Das Brummen verhallte. Die Einheimischen wandten sich gemeinsam der Steineiche zu. Und sahen erschrocken zu den Reisenden hinüber. Als sähen sie sie zum ersten Mal.

Das Beben dauerte nur wenige Sekunden. Lang genug, um die Grenzen zwischen den beiden Gruppen aufzuheben. Einheimische und Reisende liefen wie aufgescheuchte Hühner zwischen einander her. Warfen sich verängstigte Blicke zu, wenn sich ihre Körper nahekamen.

„Es ist kein guter Platz, an dem Sie stehen, Emil!" rief Moses.

Emil sah mit verschreckten Augen zu der mächtigen Baumkrone hoch. Und bewegte sich nicht von der Stelle.

„Es könnten angebrochene Äste herunterstürzen."

„Angebrochene Äste? Welche angebrochenen Äste denn?"

Moses spürte den Drang, Emil in die Wirklichkeit zu schütteln. Doch er unterdrückte den Impuls. Er war nicht sicher, ob die Wirklichkeit besser war.

„Was nur hat Ihre Frau dazu bewogen, dieses entsetzliche Szenario noch einmal aufleben zu lassen?"

Emil sah erstaunt auf. Als sei er von einem Ausflug wieder in sich selbst zurückgekehrt. Seine Stimme klang jetzt ruhig und sachlich.

„Melanie liebt die theatralische Pose. Für ihre Darbietung brauchte sie eine Bühne. Und in Ermangelung eines Besseren ist ihr jedes Publikum recht."

Er glaubt, er befinde sich in einem seiner Stücke, das nun in diesem beklemmenden Ort aufgeführt worden war, dachte Moses.

Eine Böe zerrte an den Ästen des Baumes. Eine weitere fegte auf die Kirche zu. Schob Staub und Unrat vor sich her. Strudelte Wasserfontänen aus den Pfützen. Die in kreiselnden Wirbeln über die Piazza tanzten.

Noch einmal rollte das Brummen heran.

Während der Boden sich unter ihm verflüssigte, sah Moses, wie die miteinander verbundenen Häuserwände gegen unsichtbare Gewalten ankämpften. Sich knirschend aufeinander zu bewegten. Türen zersplitterten. Wie herausgerissene Augen fielen die Fensterstöcke aus den Fassaden. Trotzdem flohen die Einheimischen auf ihre zusammenklappenden Häuser zu.

Als die Reisenden ihnen auszuweichen versuchten, strauchelten sie. Stolperten ineinander. Rappelten sich wieder hoch. Und rückten wieder zusammen.

Melanie schrie auf, als plötzlich Hunde aus den Gassen durch den inneren Torbogen auf die Piazza rannten. Das Beben hatte sie aus den Häusern getrieben. Jetzt stießen sie mit ihren Schnauzen in alle Richtungen, um ihre Besitzer zu erschnuppern. Doch noch ehe sie sie erreichten, knickten sie mit ihren Hinterläufen ein. Rutschten auf den einsackenden Platten ab. Verkeilten sich in den Rissen und Spalten. Und jaulten. Und winselten.

Eine weitere Böe, schob eine graubraune Wolke vor sich her. Und toste durch den ortsabgewandten Torbogen auf die umliegenden Hügel zu. Die Steinplatten mahlten aneinander. Wetzten sich quietschend Kante an Kante. Wölbten sich. Sprangen dann aus dem Zusammenhalt ihres Gefüges. Und barsten.

Die Piazza sackte in sich zu zusammen.

„Emil! Der Baum!" rief Moses.

Doch das Knallen der platzenden Platten war zu laut. Emil hörte Moses' Warnung nicht. Er beobachtete, wie die Mitreisenden wild durcheinanderliefen. Und immer wieder mit den Einheimischen kollidierten. Er sah, wie die Einwohner über die sich immer weiter öffnenden Spalte in der Piazza sprangen. Er sah, wie die Häuserfronten nach hinten abkippten. Und wie eine riesenhafte gelbliche Wolke aus Abfall und Kehricht den Nachthimmel erhellte. Und Emil sah auch, wie die Steineiche hin und hergezerrt wurde. Doch erst als sie knarzend auseinanderzubrechen begann, begriff er, dass er direkt unter ihr stand. Und lief los.

7.

Als Moses das melancholische Pfeifen der Zwergohreulen vernahm, glaubte er zunächst, aus einem Albtraum zu erwachen. Stumme Finsternis gähnte ihm aus den Tiefen seines Erinnerns entgegen. Dann glitten Traum und Wirklichkeit ineinander. Und Moses erkannte, dass sein Albtraum die Wirklichkeit war.

Wie von ihm abgetrennt spürte er seinen Körper zwischen den aufgerissenen Platten liegen. Als er seinen Kopf hin und her wiegte, war er überrascht, dass er eine Einheit mit seinem restlichen Körper bildete. Mit abgespreizten Fingern tastete er sich an den Rissen und Kanten entlang. Und zuckte zurück, als er ins Leere griff. Er presste seinen Körper auf den Boden. Krallte sich an den Steinplatten fest. Und schrie gegen die undurchdringlich scheinende Finsternis an:

„Wo seid ihr? Wo seid ihr denn alle?"

Stille.

Und Moses schrie noch einmal in die Dunkelheit hinaus.

Nichts. Nicht einmal ein Nachhall seiner Schreie war zu hören. Nur erstickende Stille.

Dann plötzlich drangen Töne, ganz leise aus den umgebenden Wäldern zu ihm herauf. Schwebten auf ihn zu.

Moses versuchte sich aufzurichten. Die Platten unter seinen Füßen kippten. Und er sackte wieder in sich zusammen. Die Töne schienen jetzt von überall her zu strömen. Sie wurden lauter, wieder leiser. Als würden sie von leichten Böen aus den Tälern hoch und um das kleine Bergdorf herum und dann wieder weggeweht.

Ein Musikinstrument, dachte Moses. Ein Blasinstrument. Eine Flöte! Der Flötenspieler! Ja, es wird dieser Fortunato sein, der diese Töne bläst.

Doch dann kamen immer mehr Töne hinzu. Reihten sich in Quinten und Terzen aneinander. Purzelten in sich überlagernden Tonleitern hinauf und hinunter. Als versuchten sie sich zu einer Melodielinie zusammenzufinden. Die durch jähe Oktavsprünge vorschnell wieder unterbrochen wurde.

Nein, dachte Moses. Unmöglich, alle diese Töne mit einer einzigen Flöte zu erzeugen. Töne in vollendeter Schönheit und Tiefe.

„Mein Gott," rief Moses, „das sind die Töne, denen ich seit Monaten hinterherreise! Die sich mir jetzt in dieser Nacht des Schreckens offenbaren. Die Töne, für die ich alles geopfert habe, was mir im Leben was bedeutete. Sie sind in mir. Der Flötenspieler hat sie mit seinem Spiel aus mir herausgelockt. Und zum Klingen gebracht. So wie sie damals für mich plötzlich hörbar wurden, als ich sie mit meinen Klarinettentönen in mir erweckte.

„Die Töne sind in mir!" rief Moses, „wie einfältig von mir, sie irgendwo außerhalb von mir, an einem bestimmten Ort zu suchen!"

Moses vergaß die Dunkelheit, die ihn umgab. Vergaß wo er hier lag und was geschehen war. Seine Gedanken begannen zu rasen. Er merkte nicht wie ein anderer gewaltiger Ton aus dem Inneren der Erde anschwoll. Auf die Pizza zurollte. Und alle anderen Töne verdrängte.

Die Piazza schüttelte sich.

Moses sah, wie die die Dorfbewohner über einen sich immer mehr öffnenden Spalt zu springen versuchten. Und mit überraschten Gesichtern ins Erdinnere trudelten. Das Knirschen und Krachen der Steinplatten ging in dumpfes Poltern über. Das immer lauter anschwellende Brummen ging ein hohes Sirren über. Kreiste ihn von allen Seiten ein.

Erst als der Boden unter ihm absank, und die Piazza auseinanderbrach, rappelte sich Moses erschrocken hoch.

Und rannte durch den bereits bröckelnden Torbogen hinaus. Auf die Wälder zu.

Auch dieser letzte Stoß des Bebens dauerte nur wenige Sekunden. Statt von sich zu werfen, was ihr zu schwer geworden war, öffnete sich die Erde. Und sog alles in sich hinein, was von *Chiacchierata* noch übriggeblieben war. Fast alles.

Teil 4

1.

Als Carmelo, der Kommandant der Polizeidienststelle von Mattarella, am nächsten Morgen mit zwei seiner Kollegen in seinen Land Rover stieg, um den Reisenden, wie versprochen, Ausweise und Busschlüssel zurückzubringen, ahnte er nicht, dass das Hypozentrum des schweren Bebens, das in der vergangenen Nacht auch in Mattarella einige Häuser erzittern ließ, direkt unter *Chiacchierata* lag.

Er schrieb es den vorausgegangenen Unwettern zu, als sie umgeknickte Bäume umfahren mussten und die Straße einmal nach rechts und nach links abkippte. Er war auch nicht weiter beunruhigt, als sie immer öfter aussteigen mussten, um Stämme und Äste von der Fahrbahn zu räumen. Er war froh, sich für den Geländewagen entscheiden zu haben. Und genoss den strahlenden Herbsttag, der sich vor ihnen ausbreitete.

Sie erreichten die Bergkuppe.

Das Unwetter hatte die wochenlang aufgestaute Hitze weggespült. Glasklares, blaugoldenes Herbstlicht erfüllte den Himmel. Wie ein Gegenstand, der dort nicht hingehörte, ragte der monströse Kirchturm aus den dichten Wäldern.

Carmelo pfiff zufrieden vor sich hin. Zog die von Staub und Hitze befreite Luft genüsslich in seine Lungen.

Erleichtert, dass sich die Vorfälle in *Chiacchierata* von selbst gelöst hatten, beobachtete er abwesend, wie seine Kollegen die Fahrbahn freizubekommen versuchten. Summte sich in ein Lied von Francesco di Gregori ein. Kam aber über den Refrain nicht hinaus. Auch als die Straße kurz vor *Chiacchierata* ganz abbrach, ließ er sich aus seiner guten Laune vertreiben.

„*Ora goderemo una bella passeggiata autunnale,*" sagte Carmelo fröhlich.

„*Merda*! Scheiße!" knurrte Césare, einer seiner Unterge-benen, der die Begeisterung seines Chefs für diesen herbst-lichen Spaziergang nicht teilte. Und stieg unwillig aus dem Dienstwagen. Donato, sein Kollege folgte ihm.

„*Zito*, Césare*! Donato!* Still!"

"*Scusi, maresciallo!*"

"*Non è per quello,* doch nicht deswegen," sagte der *ma-resciallo* und machte eine wegwerfende Handbewegung, „hört doch mal!"

Die beiden Polizisten reckten ihre Köpfe vor und be-wegten sie in alle Richtungen.

„*Non sento niente, maresciallo, assolutamente niente.* Ich höre nichts. Gar nichts." sagte Donato.

„*Già,* eben," sagte der *maresciallo.*"

„Was sollte man hier am Arsch der Welt auch schon hören?" bemerkte Césare.

„Diese Stille ist anders," sagte Carmelo.

Und als ahnte er, was ihn in *Chiacchierata* erwartete, ver-flüchtigte sich seine gute Laune.

Die Risse häuften sich. Die Spalten im Waldboden wur-den immer tiefer. .

„*Dio buono!*" flüsterte Carmelo als er den eingestürzten Torbogen vor sich sah.

„*Guardate, ragazzi!* Schaut doch mal!"

„*Padre eterno,* Allmächtiger," flüsterten Donato und Césare im Chor.

Vor ihnen sahen sie den vom Regen blank gewaschenen Bus, der, wie das Überbleibsel aus einer vergangenen Epo-che vor der Kirche thronte. Die als einziges Gebäude er-halten geblieben war. Und wie das Licht eines vor langer Zeit erloschenen Sterns auf einen Ort hindeutete, den es nicht mehr gab.

Breite mit Schmutzwasser gefüllte Einbrüche, deren Tiefe nicht auszumachen waren, zerteilten das, was einmal die Piazza war. Überall lagen zersplitterte Äste. Krähen klammerten sich an den hervorstehenden Zweigen fest.

Pickten nach unten in die Pfützen. Balancierten mit geschmeidigen Flügelschlägen über der gekräuselten Wasseroberfläche. Und hackten sich gegenseitig beiseite.

In zwei Hälften gespalten, beugte sich der uralte Baum über die geborstenen Steinplatten. Schwere Äste schwangen, von den Stammhälften abgesplittert, wie bizarre Schaukeln ächzend hin und her.

Während Carmelo zögerlich die Pfützen umrundete, um den Bus zu erreichen, stapften seine Kollegen zwischen den aufgeworfenen Platten auf die Reste des inneren Torbogen zu, der einmal in den Ort hineingeführt hatte.

Sie wateten durch das Schmutzwasser bis zur Abbruchkante. Und wichen entsetzt zurück.

Carmelo hatte den Bus noch nicht erreicht, als der Doppelschrei seiner beiden Untergebenen ertönte. Das Grauen, das er in ihren Gesichtern las, ließ ihn versteinern.

„*Dio buono!*" stieß er noch einmal hervor.

Dann sah auch er, was seine Untergebenen sahen.

Dort, wo hinter dem verschwundenen Torbogen verwinkelte Gassen in das Bergdorf hineingeführt hatten, gab es kein Bergdorf mehr.

Sie beugten sich über den Abgrund. Starrten in die schwindelnde Tiefe.

Geborstene Stämme hingen, ineinandergeschoben, über den Zerklüftungen. Teile der vormals bewaldeten Hänge waren ineinander gerutscht und hatten sich in dunkle Löcher verwandelt.

Nichts deutete darauf hin, dass hier einmal ein Ort gewesen war.

Carmelo ließ seinen Blick über den Abgrund schweifen. Suchte nach einem Orientierungspunkt. Nach einem klaren Gedanken. Der ihn zu einem, wie er meinte, notwendigen Befehl befähigte. Aber es gab nichts, an dem er sich hätte orientieren können. Überall nur Verwüstung.

Wo waren sie, die Einwohner, die gestern noch vor ihm herumgetanzt hatten? Lagen sie unter ihren Häusern verschüttet, dort unten in den schwarzen Löchern und Gräben? War es denn möglich, dass keiner von ihnen zu fliehen vermochte? Und wenn doch, wo waren sie hin geflohen? Und was war mit den Touristen geschehen?

Er wandte sich um. Sah auf die Kirche. Die losgelöst vom Ort, dem sie einst zugehörte, nun noch monströser wirkte.

Vielleicht haben sich alle in die Kirche gerettet?

„Apriamo la chiesa! Lasst uns in der Kirche nachschauen!" rief er, froh, nun doch einen passenden Befehl gefunden zu haben.

Das Kirchportal war verschlossen.

So sehr sie auch an den abgewetzten Griffen der Torflügel zerrten, es ließ sich weder der eine, noch der andere öffnen. Als Donato seine Pistolentasche öffnete, zu seiner Waffe griff und auf den Türgriff zielte, hielt ihn sein Vorgesetzter mit einer Handbewegung zurück.

„Aspetta, guardiamo prima nel pullman, zuerst schauen wir mal im Bus nach!"

Doch auch die Bustür ließ sich nicht öffnen. Die Türen schienen sich ineinander verkantet zu haben. Und während der *Maresciallo* zuerst an der Fahrer- dann an der Beifahrertür zog und drückte, schüttelten seine Untergebenen Schlamm und Wasser aus ihren Schuhen.

„Maledizione ragazzi, verdammt, wollt ihr mir nicht endlich helfen?"

Die beiden Polizisten stelzten, einen Fuß vor den anderen setzend, um die Pfützen herum. Hielten dann inne. Und beobachteten argwöhnisch die Bemühungen ihres Vorgesetzten.

"Brigadiere Césare Lupi *e Caporale* Donato Foderi *aprite questa porta! Subito! Quest' è un'ordine!* Unteroffizier Césare Lupi und Korporal Donato Foderi, öffnet diese Tür! Sofort! Das ist ein Befehl!"

Die beiden Polizisten bewegten sich auf die Fahrertür zu. Stemmten sich mit gestreckten Beinen dagegen. Und zerrten so lange am Griff, bis dieser abriss. Und sie übereinander fielen. Als sie sich wieder hochrappelten sahen sie, wie ihr Vorgesetzter auf das Trittbrett der Fahrertür stieg, sich hochhievte und sich ins Innere des Fahrzeugs schwang. Erst jetzt bemerkten sie, dass alle Scheiben aus den Busfenstern herausgebrochen waren.

Sie setzten sich auf das Trittbrett und starrten auf das, was einmal die Piazza gewesen war.

Welke Blätter kreiselten. Immer mehr Krähen stießen auf die Wasserlachen herunter. Wirbelten mit ihren Flügelschlägen kleine Fontänen auf. Die im leuchtenden Licht der Vormittagssonne glitzerten. Irgendwann verloren die Krähen ihr Interesse an dem, was sie unter der Wasseroberfläche angelockt hatte. Und flogen mit heiseren Schreien auf die Wälder zu.

Als ein heiserer Schrei im Bus ertönte, sahen sich die beiden Polizisten erschrocken an. Stiegen auf das Trittbrett. Und schauten durch das Busfenster.

Geblendet vom grellen Licht des strahlenden Herbsttages konnten sie zunächst nichts erkennen. Nach einer Weile sahen sie den hoch aufgerichteten Rücken ihres Vorgesetzten. Beim Näherkommen sahen auch sie das Knäuel aus Menschenleiber, auf das ihr Vorgesetzter herunterstarrte.

Sie hätten später nicht sagen können, was sie mehr entsetzt hatte, der Anblick dieses zerstörten Ortes oder das, was sich nun ihren Augen bot.

Die Touristen kauerten ineinander verschlungen im hintersten Winkel des Busses. Die Augen stumpf nach vorne gerichtet.

„*Sono morti, comandante*? Sind sie tot? "

„*Non lo so*. Ich weiß es nicht. Vermutlich stehen sie nur unter Schock," sagte er leise, als wolle er sie nicht aus ihrer Erstarrung wecken, bevor er sich vergewissert hatte, was mit ihnen geschehen war.

Dann kletterten sie durch eines der herausgebrochenen Fenster wieder aus dem Bus.

In tiefes Schweigen versunken stiegen sie über die herumliegenden Äste und Abbrüche zu ihrem Geländewagen zurück. Auf ihrer Rückfahrt nach Mattarella sahen sie weder die in gleißendes Licht getauchten Wälder, noch den strahlenden Herbsthimmel, der sich darüber wölbte. Das Bild der im Bus zusammengepferchten Touristen hatte sich davorgestellt.

2.

Die immer noch unter Schock stehenden Reisenden wurden in ein Florentiner *ospedale* transportiert. Als man sie dort befragte, was denn nun tatsächlich vorgefallen sei, sahen sie sich betroffen an und zuckten mit den Schultern. Sie erinnerten sich, dass sie eine Busreise unternommen hatten, die sie nach einer endlosen Kurverei durch dichte Wälder in ein abgelegenes Bergdorf geführt habe. Und dass es dort sehr still gewesen sei. Ja, und gruselig. Was sie allerdings gruselig empfunden hatten, wussten sie nicht zu benennen. Sie wussten auch nicht, wie lange sie sich in diesem Ort aufgehalten hatten. Und warum sie sich eines morgens plötzlich ineinander verschlungen im hintersten Teil des Reisebusses vorfanden.

Auch der Busfahrer hatte kaum Erinnerungen, die über die Ankunft in einem merkwürdigen Bergdorf hinausgingen. Und dass es Auseinandersetzungen mit den *carabinieri* gegeben habe. Auf die Frage, ob er diesen Ort schon einmal angefahren habe, schaute er nur ratlos um sich.

Nach Abschluss der nötigen Formalitäten wurden die Reisenden von einem Bus des italienischen Roten Kreuzes nach Deutschland überführt. Wo sie in heimische Krankenhäuser eingewiesen wurden.

Melanie Stadler befand sich als Einzige nicht unter den Zurückkehrenden. Als man ihren Ehemann danach fragte, wann und wo er sie denn zum letzten Mal gesehen habe, konte dieser sich nicht erinnern.

Seine wiederholten Fragen nach einem gewissen Himmelreich wurden mit Nicken und Kopfschütteln bedacht und von den behandelnden Ärzten als posttraumatische Störung diagnostiziert. Der wohl immer noch unter schwerem Schock stehende Heimkehrer phantasiere sich offenbar ein biblisches Jenseits herbei, um die vermutlich unerträglichen Erinnerungen von sich fernzuhalten. Worauf man Emil der Psychiatrie überantwortete.

Kaum aus der Klinik entlassen, begann Emil Nachforschungen nach Melanie anzustellen. Doch wo immer er nachfragte, niemand konnte oder wollte ihm etwas über den Verbleib seiner Frau sagen.

Dann eines Abends, als er wieder einmal grübelnd in seinen Erinnerungen wühlte, sah er sich unter der gewaltigen Krone eines Baums stehen.

Schwüle Hitze. Er sah Insekten, die sich im fahlen Licht einer Laterne tummelten. Und er sah Melanie. Mit einem Stoß Blätter in ihren Händen. Bläulich zuckendes Licht auf ihrem Gesicht.

Etwas geschieht. Oder ist geschehen. Und jetzt, als würde ihm ein Spiegel vorgehalten, erscheint ein Gesicht. Sein Gesicht. Und noch ein anderes. Das nach und nach mit seinem Gesicht eins wird.

Und er rannte auch eine Telefonzelle zu.

3.

Emil war froh, dass Telefonzelle unbesetzt war. Er warf ein paar Münzen durch den Schlitz. Gewöhnlich hielt er einige Augenblicke inne, bevor er diese Nummer wählte. Versuchte, sich innerlich zu wappnen gegen die Stimmung, auf die er gleich prallen würde.

Dieses Mal zögerte er nicht.

Wie in seiner Familie üblich, hob seine Mutter den Hörer ab.

„Jesus, da bist du ja, mein Junge! Wir haben uns solche Sorgen gemacht."

Schweigen.

„Es ist lange her, dass wir voneinander gehört haben."

Emil lauschte dem Atem im Hörer.

„Wie bitte? Sprich bitte lauter, die Verbindung ist ziemlich schlecht."

„Ich habe nichts gesagt, Mutter."

„Bist du es nicht, der angerufen hat? Wo warst du denn so lange? Und wo ist Melanie?"

„Wir waren verreist."

„Verreist? Davon wusste ich nichts."

„In Italien. In den Apenninen."

„Du brauchst nicht zu schreien, mein Junge. Ich bin nicht schwerhörig."

„Natürlich nicht, entschuldige, Mutter!"

„Hast du Apenninen gesagt? Da stand doch kürzlich erst was in der Zeitung. Irgendein ein Erdbeben, das einen ganzen Ort zerstört haben soll, von dem noch niemand etwas gehört haben will. Merkwürdig. Bist du noch da, mein Junge?"

„Ich war an diesem Ort. Während des Bebens."

„Du warst dort? Es gibt ihn also doch?"

„Es gab ihn."

„Oh Gott! Das muss ja schrecklich gewesen sein."

„Nicht schrecklicher als das, was schon einmal dort stattgefunden hat, Mutter."

„Gab es denn schon einmal ein Beben dort? Ich habe nichts davon gehört. Wann soll das gewesen sein?"

Ich muss es hinter mich bringen, dachte Emil. Das Zittern in seinen Händen hatte seinen ganzen Körper erfasst.

„Gib mir Vater! Bitte!"

Knistern im Hörer. Eine abwehrende Stimme im Hintergrund.

„Dein Vater möchte nicht sprechen. Du weißt, er telefoniert nicht gern."

„Ja, ich weiß, Mutter. Gib ihn mir einfach!"

Emil hörte, wie seine Mutter laut „Fritz!" rief.

Er hörte schlurfende Schritte. Dann raschelte und knisterte es wieder im Hörer.

„Emil?"

„Ja, Vater."

Schweigen.

„Vater?"

Durch die Glastür der Telefonzelle beobachtet Emil die nächtliche Straße.

„Gut, mein Sohn. Du hast mir nichts zu sagen. Ich akzeptiere das. Aber warum rufst du mich dann ans Telefon?"

Eine junge Frau kam auf die Telefonzelle zu. Mit einer fahrigen Handbewegung versuchte er ihr klarzumachen, dass sein Gespräch noch dauern würde. Sie schien ihn nicht zu verstehen, deutete mit dem Zeigefinger auf die Armbanduhr an ihrem Handgelenk.

Emil musste jetzt an die Gestikulierenden von *Chiacchierata* denken und suchte nach einer Geste, die ihr zu verstehen gab, dass er noch länger sprechen würde. Es fiel ihm keine ein. Die junge Frau klopfte ungeduldig an die Scheibe.

Emil wandte sich ab.

„Habt ihr es euch endlich überlegt?"

Emil sah jetzt, wie eine schwarze Wand auf ihn zuraste. Alles was sich ihr in den Weg stellte, vor sich her wälzte. Und mit sich in die Tiefe riss.

„Ich verstehe nicht, Vater. Wer sollte sich was überlegt haben?"

„Du verstehst sehr wohl wovon ich spreche, Emil. Ich spreche von Nachwuchs, mein Lieber. Du bist nicht zu deinem eigenen Vergnügen auf der Welt."

Emil drückte den Hörer an sein Ohr. Seine Hand schwitzte. Die junge Frau presste ihr Gesicht und beide Handflächen gegen die Scheibe. Ihr Gesicht verformte sich zu einer Grimasse. Wieder klopfte sie gegen die Scheibe.

„Aber wohl zu deinem, nicht wahr, Vater?"

„Wie bitte? Wer hämmert denn da herum? Hast du die Handwerker im Haus?"

„Unsterblichkeit, das ist es doch, was du dir von einem oder mehreren Enkeln versprichst."

„Was ist daran falsch, mein Sohn?"

Emil krümmte sich zusammen. Ja, ich bin sein Sohn.

„Das Gute und Reine sollte sich weiter fortpflanzen," fuhr Fritz Stadler fort, „leider ist das Gegenteil der Fall. Die Guten verzichten. Der Abschaum vermehrt sich."

„Wenn du es sagst, Vater."

Schweigen.

„Wenn du nichts mehr zu sagen hast, Emil, würde ich es begrüßen, das unerquickliche Gespräch zu beenden."

„Ich habe mich mit einem jüdischen Musiker ange-freundet," sagte Emil.

Schweigen.

„Hast du mich verstanden, Vater?"

„Ja, Emil. Ich bin noch im Vollbesitz meiner Sinne. Ich habe dich sehr gut verstanden."

„Und? Ich wundere mich, dass du dazu nichts zu sagen hast."

„Ach, Emil, warum erzählst du mir das? Was sollte ich dazu zu sagen haben? Es ist deine Sache, was du mit dei-nem Leben machst."

Emil zaudert.

„Nur so, ich dachte es würde dich interessieren."

„Nein, Emil, es interessiert mich nicht, mit wem du deine Zeit hier auf Erden vergeudest."

„Eben klang das noch anders, Vater."

Die junge Frau trat jetzt mit ihrer Schuhspitze gegen die Telefonzelle, streckte ihm den Mittelfinger entgegen. Und rauschte davon.

„Er ist übrigens Musiker. Vielleicht hast du schon von ihm gehört? Moses Himmelreich."

„Der Klarinettist, dem sein, wie ich finde, ungerechtfertigter Ruhm zu Kopf gestiegen war und der dann plötzlich verschwunden ist? Ja, ich habe von ihm gehört. Was ist mit ihm?"

„Die Welt scheint das anders zu bewerten."

„Ja, natürlich. Schau sie dir an, diese Welt!"

Emil hatte das Gefühl, an einer Mauer entlang zu schleichen und nach einem Durchgang Ausschau zu halten.

„Ich habe ihn in Italien kennengelernt. In einem kleinen Dorf in den Apenninen. Sicher hast du von dem Erdbeben gehört, das den Ort ausgelöscht hat."

„Nein, aber die Natur schlägt eben manchmal hart zu!"

„Nicht nur die Natur, Vater."

„Was willst du mir damit sagen, Emil? Sprich nicht in Andeutungen zu mir! Du weißt, ich schätze das nicht."

„Interessiert es dich nicht, wie der Ort heißt - besser gesagt hieß?"

„Nein, Emil, es interessiert mich nicht, wo du dich mit deinem Juden herumgetrieben hast. Du weißt, Namen und Orte sagen mir nichts. Angeblich hat niemand je von diesem Ort gehört. Seltsame Geschichte. Warum sollte ich ihn kennen?

„Du hast also doch davon gehört."

Knistern im Hörer. Im Hintergrund die drängende Stimme seiner Mutter.

„Bist du noch dran, Vater?"

„Ich will nicht unhöflich sein, Emil, aber wenn du weiter vorhast, dich in Andeutungen zu verlieren, würde ich das Gespräch jetzt gerne beenden. Ich habe mich gefreut, dass du angerufen hast. Und denkt nochmal darüber nach, du und Melanie!"

„Der Ort ist schon einmal vernichtet worden, Vater."

„Tatsächlich. Warum sagst du mir das, Emil? Ich weiß weder, um welchen Ort es sich handelt, noch habe ich Kenntnis von seismischen Katastrophen."

„Es war keine seismische Katastrophe, die den Ort damals vernichtet hat."

„Ich bitte dich, Emil, sag, was du sagen willst und rede nicht um den heißen Brei! Das Gespräch fängt an, mich zu ermüden. Und Mutter schätzt es nicht, wenn ich das Essen kalt werden lasse."

„Ich will damit sagen, dass die Einwohner dieses Dorfes schon einmal umgekommen sind."

„Was redest du, Emil? Dieselben Menschen können nicht zweimal umkommen."

„Nicht dieselben natürlich. Die Einwohner von damals sind erschossen worden. Mit Ausnahme des amtierenden Pfarrers und seines Bruders, der als sein Messdiener fungierte," sagte Emil, „und natürlich sind es nicht dieselben Menschen, die jetzt bei dem Erdbeben umgekommen sind Die Menschen damals sind erschossen worden. Danach bevölkerte sich der Ort von neuem. Der Dorfpfarrer erschrak bei meinem Anblick. Ich habe mich auch gefragt, warum?"

Schweigen.

„Hörst du mir noch zu, Vater? Du weißt, wie sehr ich dir ähnlichsehe."

Ein verhaltenes Lachen ertönte im Hörer.

„Du mir ähnlich, Emil?"

„Äußerlich, meine ich natürlich. Nur äußerlich, hoffe ich inständig. Das Dorf, von dem ich spreche, liegt in den toskanischen Apenninen. Es heißt *Chiacchierata*."

Schweigen.

„Ah ja, ich er erinnere mich. Liegt der denn in der Toskana?" murmelte Fritz Stadler, als blätterte er in einem Italienatlas, „ich hätte schwören können, er gehöre zur E-milia Romagna."

Schweigen.

„Du erinnerst dich, Vater? Ist das alles?"

Schweigen.

„Ja, natürlich erinnere ich mich. Sie wehrten sich nicht einmal. Ließen sich wie Vieh zusammentreiben. Wie alle eben, die sich ihrer Überflüssigkeit auf diesem Planeten bewusst sind."

„Es waren unbewaffnete, wehrlose Menschen, die bei der Ausführung deines Befehls erschossen wurden. Und die du, laut des Berichts des Dorfpfarrers, zum großen Teil selbst hingerichtet hast."

Emil hatte Mühe, den Hörer festzuhalten. Er ließ seinen Blick verstohlen über die schwach beleuchtete Straße gleiten. Als befürchtete er, als der erkannt zu werden, der in ihm war. Und den er nicht abschütteln konnte.

„Ist es das, was du mir sagen wolltest, mein Sohn? Nun, dann hast du es mir jetzt gesagt. Das ist lange her. Und wir können das unergiebige Gespräch beenden. Du hast gehört, deine Mutter ruft zum Abendessen. Und sie mag es nicht, wenn man sie warten lässt."

Ein Summen ertönte im Hörer. Fritz Stadler hatte aufgelegt.

Emil presste seine beiden Hände um den Hörer. Und versuchte, sich von innen nach außen zu krümmen.

Ich bin der Sohn dieses Mannes. Die Gewissheit, dies ein Leben lang bleiben zu müssen, traf ihn wie ein Messerstich in seine Eingeweide. In heftigen Atemstößen versuchte er aus sich herauszuwürgen, was für immer in ihm bleiben würde.

„Ich kann es nicht rückgängig machen, als dein Sohn geboren worden zu sein", sagte Emil in den toten Hörer hinein, „aber ich schäme mich unsagbar dafür."

4.

Erste schwere Tropfen klackerten wie aneinanderprallende Billardkugeln auf das Blechdach der Telefonzelle.

Froh, niemandem zu begegnen, taumelte Emil wie ein Betrunkener durch die von alten Linden gesäumte Straße. Zu Hause warf er seine völlig durchnässte Kleidung in die Badewanne. Stellte sich unter die Dusche. Und rieb mit einem rauen Waschlappen auf seinem Körper herum. Auch als seine Haut zu glühen anfing, rieb er weiter. Bis er schließlich begriff, dass er nicht von sich abwaschen konnte, was an ihm haftete.

Und jetzt prasselten Melanies Worte wie schwere Steinbrocken auf ihn nieder.

Ja, das ist es, was der Pfarrer wollte, als er mir den minutiösen Bericht aushändigte. Und was Melanie dazu veranlasst hat, diesen Bericht vorzulesen. Die Welt sollte davon in Kenntnis gesetzt werden, was damals in diesem Bergdorf geschehen und von der Öffentlichkeit ignoriert worden ist.

Aber ich bin sein Sohn.

Darf ein Sohn seinen eigenen Vater ausliefern? Auch wenn er ein Massenmörder ist? Ich bin ein Teil von ihm. Ist seine Schuld nicht auch auf mich übergegangen? Und nun auch zu meiner Schuld geworden? Ist es nicht meine Pflicht, seine Verbrechen aufzudecken? Auch wenn ich die Welt dadurch wissen lasse, dass ich der Sohn eines Monsters bin.

Pflicht? Emil hielt inne. Hatte er das Wort nicht gerade eben gehört? Aus einem anderen Mund? In einem anderen Zusammenhang? Erschrocken wich er vor dem Wort zurück, das seinem Vater zu morden befahl. Dasselbe Wort, das nun ihn, seinen Sohn, dazu aufforderte diese Morde aufzudecken.

„Ich muss es tun!" schrie Emil.

Doch der Bericht des Pfarrers ist mit Melanie verschwunden. Wie kann ich die geschehenen Gräueltaten ohne dieses Dokument beweisen? Und auch wenn ich es fände, wer würde den Aufzeichnungen eines greisen toskanischen Pfarrers Glauben schenken?

Zwischen Zweifel und Entschluss lief Emils Leben weiter.

Nachts floh er auf Partys und Feste, die ihn anödeten, aber immerhin aus seinem Gedankenkarussell enthoben. Tagsüber arbeitete er lustlos an seinem immer noch unvollendeten Drama. Und während ihm sein Werk, in Erinnerung an das, was er erfahren hatte, nun unwichtig, bedeutungslos, ja nichtig vorkam, drängte sich immer mehr die Erkenntnis in sein Bewusstsein: Ich bin der Sohn dieses Mannes.

An manchen Tagen fragte er sich, wie *er* sich verhalten hätte? Unter anderen Umständen? Zu einer anderen Zeit? Wie konnte er sicher sein, nicht auch getan zu haben, was sein Vater getan hatte? Und er starrte in den Spiegel und schrie sich an:

„Nein, nein, nein! Niemals, niemals hätte ich getan hat, was er getan hat. Niemals! Und er schrie und spuckte sich im Spiegel an. Konnte sich aber nicht zu einer Anzeige durchringen. Stattdessen wünschte er sich, er könnte den Faden zerreißen, der ihn mit seiner Familie verband. Bis jede Verbindung zu seinen Wurzeln für immer getilgt sein würde.

Irgendwann tauchen seine Gespräche mit Moses Himmelreich wieder in seiner Erinnerung auf. Und an das, was zwischen ihnen ins Schwingen gekommen und wieder ins Stocken geraten war. In diesen Augenblicken sehnte sich Emil nach Nähe zu Moses, der ihm ein Freund hätte werden können. Und er wünschte sich, all das gesagt zu haben. Das nun ungesagt zwischen ihnen lag.

Wo war Moses? Und wo war Melanie?

5.

Als Moses vor seiner eigenen Haustür stand, klopfte sein Herz so heftig, dass er nicht hörte, wie sich eine Tür hinter ihm öffnete. Er konnte nicht wissen, dass ihn Judith, nachdem er auch Weihnachten nicht zurückgekehrt war, für vermisst erklärt hatte.

„Suchen Sie... ach, Sie sind es, Herr Himmelreich!"

Moses erinnerte sich nicht an die Frau, die ihn von der gegenüberliegenden Wohnungstür ansprach.

„Ihre Familie wohnt nicht mehr hier. Ihre Frau ist mit ihren Kindern ausgezogen."

Als sie Moses Blick sah, fügte sie hinzu:

„Wo waren Sie denn so lange? Ihre Frau hat Sie -"

„Danke," unterbrach sie Moses und lief die Treppen hinunter. Ohne sich nochmal umzudrehen. Auf der Straße hielt er ein Taxi an und ließ sich in die Innenstadt fahren.

Das Büro des vertrauten Konzerthauses war geschlossen.

Wie viele Male habe ich hier gespielt! dachte Moses

Er wollte schon gehen, da hörte er eine vertraute Stimme.

„Das ist aber eine Überraschung! Herr Himmelreich!"

Moses drehte sich um und sah in das erfreute Gesicht der Sekretärin.

„Sie haben ja lange auf sich warten lassen. Aber ich wusste, Sie würden wiederkommen. Eine Laufbahn wie die Ihre gibt man nicht einfach so auf. Kommen Sie doch erstmal rein! Darf ich Ihnen einen Kaffee anbieten?"

Er sei wegen seiner Klarinette gekommen, die er bei seinem letzten Konzert hier auf der Bühne zurückgelassen hatte, sagte Moses kleinlaut.

„Ah ja, die Klarinette! Das ist nun schon eine Weile her. Aber ich habe sie natürlich für Sie verwahrt. Nun, dann hol ich mal das gute Stück, mit dem Sie so viele verzaubert haben."

Moses strich gedankenverloren über das abgeschabte Leder des Etuis. Glaubte durch den Deckel hindurch, die in das Ebenholz eingearbeiteten silbernen Klappen des Instruments zu spüren. Als verlangten sie von seinen Fingern berührt und zu neuem Leben erweckt zu werden. Das Rohrblatt müsste noch am Mundstück eingespannt sein, dachte Moses. Er hatte ja nicht einmal die Speichelreste entfernt, nachdem er die Klarinette auf dem Boden der Bühne abgelegt hatte.

Die Erregung, die sich in seinem Körper ausbreitete, sammelte sich in seinen Fingern.

„Wollen Sie es denn nicht öffnen, Herr Himmelreich?"

„Nein, nein," sagte er und bemühte sich, das Zittern in seiner Stimme zu unterdrücken, „noch nicht. Nicht jetzt. Aber haben Sie vielen Dank, Frau…" Moses zögerte.

„Rohrbacher," half ihm die Sekretärin, „Sie nannten mich allerdings immer ‚Elfriede'."

Sie lächelte ihm verschwörerisch zu.

Moses spürte, wie sein Entschluss zu bröckeln begann.

„Ja, das weiß ich doch. Glauben Sie mir, Elfriede! Ich danke Ihnen wirklich sehr. Ich hoffe, Sie können mir verzeihen!" sagte er mit belegter Stimme, wandte sich ab. Und verließ schnell das Büro.

Beim Einwohnermeldeamt erfuhr Moses, dass sich Judiths neue Wohnung jetzt am Stadtrand befand. In einem Viertel, das er nur vom Hörensagen kannte.

Er beschloss, den weiten Weg zu Fuß zu gehen. An lange Wanderungen war er inzwischen gewöhnt. Und als er den gesuchten Straßennamen auf einem der blauen Schilder las, fing sein Herz heftig zu pochen an.

Die Wohnung befand sich in einem modernen mehrstöckigen Wohnblock mit vorgelagerten, von Pflanzen überwucherten Grünanlagen. An der Außenseite gab es keine Türen. Der Eingang schien im Innenhof zu sein.

Mit zitternden Beinen, ohne nach links und rechts zu schauen, durchquerte Moses den Torbogen, der in den Innenhof führte. In der Mitte sah er einen von Sträuchern umgebenen parkähnlichen Kinderspielplatz. Er setzte sich auf eine der Bänke, von der er die Eingangstür des Wohnblocks beobachten konnte, ohne selbst gesehen zu werden.

„Mein Gott, was mache ich hier?" flüsterte Moses. „Ich schleiche mich wie ein Dieb an ein Leben heran, das ich für eine Sehnsucht verlassen habe, die stärker war, als die Liebe zu meinem Beruf. Und stärker als die Liebe zu meiner Familie. Was habe ich hier noch zu suchen?"

Die Eingangstür schwenkte nach innen.

Moses hielt den Atem an.

Eine ältere Frau schob einen Rollator durch die Tür und zwängte sich hinterher. Moses atmete aus. Doch gleich darauf öffnete sich die Eingangstür ein weiteres Mal.

Samuel.

Moses erkannte ihn sofort. Obwohl er kräftiger und mindestens einen Kopf größer geworden war. Er trug jetzt lange Haare. Unternehmungslustig ließ er seinen Blick über den Innenhof wandern. Setzte sich auf eines der Fahrräder, die dort aufgereiht standen. Und fuhr los.

„Warte doch, Sami!"

Moses hörte Niklas' Stimme, bevor er ihn sah. Schreiend und mit den Armen rudernd lief Niklas hinter seinem Bruder her. Auch er hatte jetzt lange Haare, die in alle Richtungen abstanden.

„Du hast es mir versprochen!" schrie Niklas.

Samuel fuhr weiter.

„Du Arsch!" schrie ihm Niklas nach. Und rannte ihm hinterher.

In diesem Augenblick spürte Moses, wie sich etwas von ihm abtrennte. Etwas, dessen endgültiger Verlust ihm erst jetzt voll und ganz bewusstwurde. Diese kleine Szene, die er als Zaungast gerade miterleben durfte, würde das Letzte sein, das er von seinen Kindern mit sich nahm. Um nicht zu zerspringen, weitete sich sein Brustkorb bis hinauf in seine Kehle. Er wusste, den Schmerz, den er jetzt fühlte, hatte er selbst verschuldet, ja verursacht. Er schämte sich so sehr darüber, dass er mit gebeugtem Kopf um sich spähte. Und geduckt davonschlich. Nicht nur sein Musikerleben hatte er aufgegeben und auf Erfolg und Anerkennung verzichtet. Er hatte seine Frau und seine Kinder verloren. Und das alles für die Suche nach Tönen, die immer schon in ihm waren.

6.

Auf seiner Rückfahrt in die Toskana nahm sich Moses vor, noch einmal in *Logaiolo* haltzumachen. Als er aus dem Zug stieg, umwehte ihn ein sanfter Wind, voller Blütendüfte.

Moses erkannte die Landschaft nicht wieder. Was ihm damals karg und feindlich begegnete, leuchtete ihm jetzt in allen Farben einladend entgegen. Als habe jemand unzählige Farbeimer darüber ausgeschüttet.

Die Dörfer, die ihn in ihrer düsteren Verschlossenheit auf sich selbst zurückgestoßen hatten, brodelten jetzt vor quirligem Leben. Kinder kickten halb aufgeblasene Bälle oder leere Kartons durch die Gassen. Frauen saßen inmitten unzähliger Blumentöpfe vor ihren Häusern. Alte Männer lehnten, auf knorrige Stöcke gestützt, an den sonnigen Hauswänden.

Moses schlich an ihnen vorbei.

Ja, er hat erfahren dürfen, dass die Töne, die ihn einst hierher in die Berge getrieben hatten in ihm selbst lagen. Und hervorgelockt sein wollen. Welche Freude hatte er gespürt, als sie, durch Fortunatos Flöte, plötzlich wieder in ihm erweckt wurden! So übermächtig war diese Freude gewesen, dass sie das Grauen, das sich in Melanies Lesung offenbart hatte, in den Hintergrund zu drängen vermochte.

Und nun hatte er sie gefunden hatte.

Wie hätte ich ahnen können, das der Preis dafür so hoch sein würde?

Die Sonne lag golden über den Berghängen, als Moses am Postamt vorbeispazierte und einen scheuen Blick auf die gegenüberliegenden Klingelschilder warf. Die damals eisverkrusteten Bäume erstrahlten im warmen Licht. An den Straßenrändern häuften sich Blüten. Es roch nach in Rosmarin gebratenem Fleisch und würzigen Soßen.

Als hätte sie ihn erwartet, öffnete Signora Delfina ihre Haustür beim ersten Klopfen.

Nichts hatte sich an ihr verändert. Sie schien weder überrascht noch erfreut. Sie empfing ihn, als sei er nur kurz zum Brot holen fort gewesen.

„*Mi dispiace*, Signore," sagte sie bevor er seinen Mund aufgemacht hatte.

„Ich habe schon einen Untermieter für diesen Winter. Hätte ich gewusst, dass Sie..."

Sie zwirbelte an ihrem Kittel herum. Und heftete ihre schwarzen Knopfaugen auf ihn.

„Ich bin nicht wegen einer Unterkunft gekommen, Signora."

„*Eh no?*" sagte die Witwe verwundert.

„Die Signorina..." Moses sah verlegen in seine Hände, „wohnt sie denn nicht mehr in *Logaiolo*? Auf den Klingelschildern stehen jetzt andere Namen."

„*Chi?* Wer? Aah! *Ho capito*, die Signorina. Doch, doch, sie wohnt noch immer hier. Aber sie ist jetzt keine Signorina mehr."

Moses spürte, wie sich sein Gesicht rötete. Und sein Brustkorb sich verengte.

Die Witwe nahm seine Hände. Wiegte sie, wie damals, hin und her. Moses fühlte die runzelige Haut ihrer kalten Finger. Möwen kreuzten über ihren Köpfen. Glitten auf die vom Wind zusammengewehten Blütenhaufen zu. Pickten hektisch darin herum. Stießen katzenartige Schreie aus.

Die sie selbst komisch zu finden schienen. Denn sie brachen immer wieder in schepperndes Gelächter aus.

„Ich dachte, es gäbe sie nur am Meer," sagte Moses tonlos.

„Wen?"

„*I gabbiani,* die Möwen."

„*I gabbiani?*" sagte die Witwe und ließ seine Hände wieder los, „ah, die sind überall, wo es Wasser und Abfälle gibt."

Gemeinsam beobachteten sie, wie die Möwen sich gegenseitig beiseite hackten, wieder aufflogen, und mit ihren messerscharfen Schnäbeln neuerlich auf die Blütenhaufen herunterstießen, um aufgerissene Abfalltüten herauszuzerren.

Moses blieb noch eine Weile vor dem Haus der Witwe stehen. Betrachtete die Klinke der Eingangstür. Schob mit den Schuhspitzen Blüten vor sich her.

„*Grazie,* Signora.“

„*Per che cosa?*“ sagte Signora Delfina.

Er wusste selbst nicht, wofür er sich bedankte. Und stapfte mit schweren Schritten davon.

7.

Wie damals sah Moses auch jetzt schon von weitem den riesenhaften Kirchturm über den Wipfeln der Bäume aufragen. Seine Gedanken flogen zu jenem Tag zurück, als er sich diesem befremdlichen Ort zum ersten Mal genähert hatte. Er suchte nach Empfindungen in sich. Doch da waren keine. Er sah sich durch die Apenninen wandern. Und er fragte sich, ob ihm damals bewusst war, dass er sich mit jedem Schritt weiter von seinem früheren Leben entfernte. Ein Leben, das er jetzt hier ablegen würde. Wie eine Schlange ihre alte Haut abwirft, wenn sich darunter eine neue gebildet hat.

Er hielt inne, als die ersten Töne auf ihn zuwehten. Öffnete das Etui seiner Klarinette. Steckte die einzelnen Teile des Instruments zusammen. Das Blatt befand sich tatsächlich noch am Mundstück. Moses spürte den vertrauten Geschmack in seinem Mundinnern. Er lauschte in Fortunatos Klänge. Wartete, bis sie die tief in seinem Inneren schlummernden Töne zum Schwingen gebracht hatten. Doch als er zu blasen anfangen wollte, kamen nur quäkige Töne aus ihm heraus. Sein Lippenansatz war nicht mehr kräftig genug. Erst nach und nach gelang es ihm, die in ihm schwingenden Töne kümmerlich zu umspielen.

Doch Moses hielt an seinem Entschluss fest.

Von nun an würde er mit Fortunato durch die Lande ziehen. Auf Dorfplätzen, Schulhöfen und Kinderspielplätzen würden sie gemeinsam erzählen, was mit Worten nicht zu sagen war. Und irgendwann, hoffte Moses, würden, wie von einer unsichtbaren Hand entzogen, die Erinnerungen an ein Leben verblassen, das einmal seins gewesen war.

Und weil Fortunato nicht sprach, sprach auch er nicht mehr. So erfuhr Moses nie, dass es nicht Fortunatos Flöte war, die in jener schaurigen Nacht, die von ihm ersehnten Töne aus ihm herausgelockt und für ihn hörbar gemacht hatten.

Es waren Nachtigallen, die sich, durch die Erdverschiebungen aufgeschreckt, in den Hängen um *Chiacchierata* herum versammelt hatten. Und Fortunatos Flötentöne nachahmend, auf den versinkenden Ort herab tirilierten. (*)

(*) Nachtigallen sagt man nach, dass sie nicht nur die Stimmen der Vögel um sie herum, sondern auch die sie umgebenden Geräusche nachzuahmen versuchen, und sie in ihre Gesänge miteinfließen lassen.

Epilog

In einer Randnotiz einer Wochenzeitschrift stieß Emil Stadler noch einmal auf die Geschehnisse von *Chiacchierata*.

Die *soprintendenze*, die Aufsichtsbehörden, der *regione Toscana* und der *regione Emilia Romagna* haben die Suchtrupps, die in den vermeintlich abgesackten Trümmern eines angeblich von einem Erdbeben zerstörten Bergdorfs in den Apenninen noch immer nach Überlebenden gesucht hatten, zurückbeordert.

Da es nach Wochen intensiver Nachforschungen nicht gelungen sei, auch nur einen einzigen menschlichen Körper aus den Kratern und Schlünden zu bergen, seien die Nachforschungen nun eingestellt worden.

Zwar deute die inmitten der Verwüstungen aufragende monströse Kirche auf einen Ort hin, dem sie mal zugehört haben könnte. Wundersamerweise sei die Kirche jedoch völlig unbeschädigt. In ihrem Mauerwerk finde man weder Risse noch andere schadhafte Stellen. Die Erdspalten seien zwar über den gesamten Hügel verteilt, um die Kirche herum gebe es jedoch keine Verwerfungen.

Erstaunlich sei allerdings, dass keine und keiner der Nachforschenden den Versuch unternommen zu haben schien, ins Innere der Kirche zu gelangen. Zumal, wie sich später herausstellte, das Portal der Kirche unverschlossen gewesen sei.

Erst als Rom sich einschaltete und sich ein Streitgespräch zwischen kirchlichen und weltlichen Behörden darüber entfachte, ob das Gebäude säkularisiert und in ein Museum umgewandelt oder zu einer Gedenkstätte geweiht werden solle, sei aufgefallen, dass es niemanden gab, der Aussagen über das Innere der Kirche zu machen wusste. Und die Portalflügel wurden im Beisein kirchlicher und weltlicher Amtsträger geöffnet.

Vor den Altarstufen fand man dann zwei Leichen, die nicht identifiziert werden konnten. Das riesige Kreuz das vermutlich über dem Altar gehangen hatte, musste sich aus unerklärlichen Gründen aus seiner Verankerung gelöst und die beiden Unbekannten unter sich zerquetscht haben.

Als Polizeibeamte in einem verschlossenen Schränkchen der Sakristei eine alte deutsche Armeepistole entdeckten, in der noch zwei Patronen steckten, ging das Rätselraten um den mutmaßlich vom Erdboden verschluckten Ort in den toskanischen Apenninen weiter.

Untersuchungen ergaben, dass sich, wahrscheinlich auf Grund übermäßigen Gebrauchs und einer dadurch erfolgten Überhitzung der Waffe, das Magazin verklemmt habe, und ein, auf wen auch immer beabsichtigtes, Abfeuern der darin verbliebenen Patronen, nicht mehr möglich gewesen sei.

Einen Zusammenhang mit den beiden Toten sähen die Behörden jedoch nicht, da, wie Untersuchungen ergaben, die letzte Verwendung der Pistole mehr als ein halbes Jahrhundert zurückliege, während die beiden Leichen jüngeren Datums seien.

Worauf das Denkmalamt seine Forderung nach einem Museum zurückzog. Und Rom den Ort zur Wallfahrtsstätte erklärte.

Während sich nun Pilgerscharen in und um die monströse Kirche versammelten, um für die angeblich unter ihren eingesunkenen Häusern Verschütteten zu beten, mehrten sich andernorts grundsätzliche Zweifel an der Katastrophe von *Chiacchierata*.

Ein Beben, das einen ganzen Ort mit sich zu reißen und ihn spurlos in die Tiefen des Erdinnern zu versenken vermochte, hielt man für unwahrscheinlich. Zumal die Aussagen der Polizeichefs der benachbarten Gemeinden widersprüchlich waren.

Während der eine von einem Ort Schwachsinniger berichtete, munkelte der andere von einer in kollektives

Schweigen versunkenen Dorfgemeinschaft. Da aber keinerlei Hinweise auf eine menschliche Siedlung im Umkreis besagter Kirche gefunden wurden, wisse im Grunde niemand, was und ob überhaupt irgendetwas vorgefallen sei. Alteingesessene behaupteten, im Bereich strittiger Gemeindezugehörigkeit habe es immer schon, inmitten von Kratern und Abbrüchen, eine alleinstehende Kathedrale ungeklärter Herkunft gegeben.

Und da etwas nicht verschwinden kann, das es nicht gegeben hat, erlahmte das öffentliche Interesse am Untergang dieses kleinen Bergdorfs in den Apenninen.

Nachdem Emil den Artikel mehrmals gelesen hatte, entschloss er sich nun doch, die Öffentlichkeit auf das Massaker von *Chiacchierata* aufmerksam zu machen.

Aber weder Presse noch Rundfunkanstalten zeigten Interesse. Auch sein Hinweis auf ein Dokument des dortigen Dorfpfarrers, in dem dieser den gesamten Verlauf des Massakers festgehalten habe, blieb, wie er geahnt hatte, unbeachtet. Zumal weder der Pfarrer noch das Dokument auffindbar waren. Niemand sah die Notwendigkeit, über ein Massaker zu berichten, das in einem Ort stattgefunden haben soll, den es angeblich gar nicht gegeben hat.

So wäre nun auch die zweite Auslöschung dieses kleinen Bergdorfs unter den Teppich gekehrt worden, wäre da nicht ein Phänomen aufgetreten, das sich in Windeseile ausbreitete und sich weder leugnen noch verdrängen ließ.

Denn während ein ungewöhnliches Bläserduo, das inzwischen in aller Munde war, durch abgelegene Dörfer tingelte, fingen nach und nach immer mehr Dörfer zu schweigen an.

Es begann in einem kleinen Dorf in Albanien. Bald darauf folgten weitere. Überall in Europa hörte man von Dorfgemeinschaften, die von heute auf morgen verstummten. Und über den ganzen Erdball verstreut kamen täglich schweigende Dörfer hinzu…

Nachbemerkung:

„...viele Bewohner der Küstenstädte hatten 1944 in Sant'Anna di Stazzema, wo hinauf damals nicht mal eine Straße führte, Schutz vor dem Krieg gesucht.

Am 12. August aber kamen ... deutsche SS-Angehörige und metzelten 560 Menschen nieder. Auf dem Rasen der Kirche häuften die Mörder die Leichen auf, bedeckten sie mit Stroh und zündeten sie an.

Weil hinter der Orgel in der 400 Jahre alten Kirche ja vielleicht ein Kind, eine Frau oder ein Mann hätten verborgen sein können, richteten die gründlichen Täter ein Maschinengewehr auf das Instrument und schossen...“

Aus: Frankfurter Rundschau am 31. Juli 2007 (Reportage von Roman Arens)

Dank an

Helmut Blumbach, Eva Schrecklinger, Zoltán Ludwig-Kruse, Lilo und Ludwig Julius, Karin und David Lauri, Marco Guasconi und Dr. Gisela Matthiae, die mich mit wertvollen Anregungen begleitet haben.

Dank vor allem auch an Kim, die mir bei der Entstehung dieses Buches zur Seite stand und mich geduldig ertrug.

Und nicht zuletzt Dank an Michael, der mit seinen Tönen auszudrücken vermag, was mit Worten nicht gesagt werden kann.

Daniel Roth,

geboren in Niederbayern.

Internatsschüler am Naturwissenschaftlichen Gymnasium in Deggendorf, dem heutigen Comenius-Gymnasium.

Begabtenabitur am Bayrischen Kultusministerium.

Studierte in München Philosophie, Psychologie, Germanistik, Russisch, Spanisch, Chinesisch und Zeitungswissenschaften.

Arbeitete als Geschenkekistenzunagler. Christbaumverkäufer. Teebeutelabfüller. Vereidigter Briefträger. Bierfahrer. Nachtwächter. Taxifahrer. Lagerarbeiter. Polsterreiniger. Interviewer. Bauarbeiter. Nachhilfelehrer. Koch. Barmann.

Gründete die Studentenkneipe ‚Randstein‘ und die ‚Osteria Baal‘ in München.

Führte zusammen mit seiner Frau 12 Jahre ein Gästehaus in der toskanischen Maremma. Und 12 Jahre auf der Insel Elba.

Lebt seit 2019 als freier Schriftsteller in Landshut.

*

www.daniel-roth.eu

Weitere Bücher von R. Daniel Roth:

„Fliegende Mütter" (Geschichten)

„Der Überfall in der Türkenstraße" (Roman)
Ein hanebüchener Überfall. Die Befreiung von einer Obsession. Und eine Liebesgeschichte.

„Heimat" (Roman)
Durch Blitzschlag und Brandstiftung verliert Heinrich Hofer seine Sprache. Wird zum Dorfdepp. Und versucht sich aus seiner Rolle zu befreien.

„Der große Wagen" (Roman)
Als der kauzige Philipp auf einer seiner Nachtfluchten die Anhalterin Anna mitnimmt und mit ihr in die große Ebene hinausfährt, weiß er noch nicht, dass in einen Sog gerät, der ihn aus sich selbst herauszuzerren droht. Eine Roadstory zwischen Traum und Wirklichkeit.

„Eine elegante Lösung"
(Geschichten aus dem italienischen Alltag)

„Warum man den Bäcker grüßen sollte"
(Begegnungen im Alltag)

„Weltverlierer" (Gedichte)

„Am Bildrand" (Roman)
(Schon als sich das erste Mal begegnen, spüren Catrin und Carl, wie ein Funke vom einen zum anderen überspringt. Sie versuchen zueinanderzufinden. Catrin überredet Carl auf eine Reise in die Toskana, ins Landhaus ihres Freundes Jimmi, um die mit ihm gelebten Rituale mit Carl neu zu erleben. Doch dann taucht Jimmi auf. Eine Liebesgeschichte?)